公元787年，唐封疆大吏马总集诸子精华，编著成《意林》一书6卷，流传至今

意林： 始于公元787年，距今1200余年

纯正+阳光+向上

为中国女生量身打造优质课外读物

我们是小淑女

优雅,聪慧,阳光,快乐,甜蜜,
勤奋,包容,恬静,浪漫,唯美,璀璨。
善解人意,才华横溢,从容淡定,
独立有主见,时常感恩,心怀美好。
爱学习,爱阅读,爱幻想,睿智有深度,独具品位。

意林励志·MiniMiss荣誉出品
小MM品牌书系 · 淑女文学馆 · 公主天下系列015
荡气回肠的古风浪漫小说，独属于公主们的传奇故事

程 铭◎著

海盐公主·鸾凤引 叁

吉林摄影出版社
·长春·

图书在版编目（CIP）数据

海盐公主·鸾凤引.叁 / 程铭著. -- 长春：吉林摄影出版社，2019.6
（淑女文学馆.公主天下系列；015）
ISBN 978-7-5498-4106-6

Ⅰ.①海… Ⅱ.①程… Ⅲ.①长篇小说-中国-当代 Ⅳ.①I247.5

中国版本图书馆CIP数据核字(2019)第107390号

海盐公主·鸾凤引（叁）
Haiyan Gongzhu · Luanfengyin（San）

著　　者	程　铭
出 版 人	孙洪军
总 策 划	阿　朱
责任编辑	王维夏
图书统筹	莫小西
特约编辑	张雅琴
绘　　图	蠢　虫　Easiy羽
书籍装帧	胡静梅
美术编辑	王　春
开　　本	700mm×1000mm　1/16
字　　数	210千字
印　　张	13
版　　次	2019年6月第1版
印　　次	2019年6月第1次印刷

出　　版	吉林摄影出版社
发　　行	吉林摄影出版社
地　　址	长春市净月高新技术产业开发区福祉大路龙腾国际大厦A座17楼 邮编：130118
网　　址	www.jlsycbs.net
电　　话	总编办：0431-81629821 发行科：0431-81629829
经　　销	全国各地新华书店
印　　刷	河南文华印务有限公司
书　　号	ISBN 978-7-5498-4106-6　　　　定价：24.90元

版权所有　侵权必究

如发现印装质量问题，请与印务部联系退换，电话：010-51908584

为中国女生量身打造优质课外读物

文◎《意林·小淑女》书系总策划　阿　朱

　　2010年1月，意林集团专门为女孩量身定做的读物《意林·小淑女》诞生了。创办之初，《意林·小淑女》旗帜鲜明地打出口号——"女孩都是小淑女，小MM陪你优雅过花季"。"淑女"取意为"内心美好、品质优秀的女孩"，明确为中国8~18岁的优质女孩服务，以"帮助女孩在快乐阅读中提高文学修养和综合素质"为宗旨，坚持"纯正、阳光、向上"的风格导向，内容着眼于"青春、梦想、成长、励志"，以期打造全新的、真正适合女孩阅读的健康课外读物。

　　凭借这样的精准定位和独特理念，《意林·小淑女》上市后，很快赢得女孩们的喜爱，在校园中引起巨大反响，女孩们表示："终于有女生的专门读物了！超级好看！"家长和老师也纷纷给出"孩子看后成长了很多""孩子的作文水平明显提高了"之类的积极反馈。2011年6月，在读者的热烈要求下，《意林·小淑女》在坚持宗旨、质量不变的前提下，出版频率加快，由原来的每月一期增加为每月两期；同年10月，《意林·小淑女》月发行量突破50万册，潜在读者超过80万人，其作为优质女孩喜爱的健康课外读物的地位逐渐形成，而迅猛增长的销售业绩也引来业界极大关注，开始得到一些同行的模仿和追随，市面上类似风格的女孩读物相继出现（当然，最后能经得住市场检验的很少）。

　　2010年7月，《意林·小淑女》开始涉足图书出版领域，编辑部陆续推出《蔷薇少女馆（全套）》《迷藏（Ⅰ~Ⅴ）》《悠莉宠物店（全套）》《七寻记（Ⅰ~Ⅴ）》《钢琴小淑女（第一季~第六季）》《星愿大陆（①~⑩）》《现在是女生时代（①~⑥）》及"浪漫星语"十二星座小说系列等数十种图书，这些书在全国中小学校园中广为流传，无数小读者为之痴迷、陶醉，"《意林·小淑女》出品的图书本本畅销"这一观点也成为众多书店、经销商的共识。"《意林·小淑女》现象"逐渐成为一种社会现象，为各方所津津乐道。

　　2012年，创办满两周年的《意林·小淑女》步入加速发展轨道，编辑部创造性地提出"女生文学"概念，并将之上升到与儿童文学、青春文学并列的重要文学形态，《意林·小淑女》专注于为成长中的女孩服务的想法也更加清晰，编辑部计划在未来几年内，以每年出版几十种新书的速度，采用短篇文集、长篇小说、原创漫画、故事绘本等多种类型齐头并进的形式，为女孩们提供一批有规模、有质量、有品位的精品读物，打造中国女生喜爱的文学品牌。

　　在2012年7月之后出版（或修订）的所有《意林·小淑女》"淑女文学馆"系列新书中，我们都会特别放置这篇名为《为中国女生量身打造优质课外读物》的文章，来阐述我们对于建设中国女生文学以及推动女生健康阅读的崭新理念与思考。

★女生一定要选择适合自己的女生文学读物

首先,什么是女生文学?

《意林·小淑女》所定义的女生文学是指专门为女孩(特指8~18岁女孩)创作并适合女孩阅读的、符合女孩心理特点和审美要求、有利于女孩身心健康发展的各种文学作品。简单来说,就是所有适合女孩阅读的健康课外读物。

目前,国内未成年人的文学阅读笼统地分为儿童文学、青春文学等大类,市场上很难找到专门针对女孩创作的有规模、系统化的读物。事实上,女孩和男孩的大脑结构不同,思维方式、理解能力、审美要求不同,在阅读上也要区分性别,选择不同的读物。

《意林·小淑女》系列读物立足于女孩性别特点,专门为女孩量身打造,是专属于女孩们自己的读物,合乎年纪,合乎趣味,外观时尚、唯美、优雅,内容纯正、阳光、向上,是真正适合女孩阅读的健康课外读物,带给女孩全新的阅读体验。

★女生通过阅读女生文学读物提升写作能力,获取成长养分

8~18岁正是快速吸收养分、奠定阅读基础的黄金年龄,对于女孩一生的成长至关重要。《意林·小淑女》提倡女生文学要打破市场常规,"从低幼儿童文学及少女言情中解放出来",以深浅适度、风格纯正、健康向上、可读性与文学性兼具的内容,帮助女孩在快乐阅读中提高阅读理解能力、作文写作能力,汲取成长经验、成长智慧,全面提升素质。

在故事类型上,《意林·小淑女》系列读物既有贴近女孩生活和心灵的校园故事、成长故事、亲情友情故事等,又有极富想象力的冒险故事、幻想故事等,每篇文章的选取都将标准锁定为"题材新颖、内容阳光、主题积极向上、文风优雅纯正",并坚持拒绝浅薄幼稚、庸俗无聊、花哨言情等无内涵的文章。女孩们在健康文学的长期熏陶下,语感增强了,素材丰富了,思维开阔了,自然能做到心中有故事、下笔有话说,不再为作文犯愁;同时,这些文章里蕴含的温暖励志内核,诸如阳光、善良、真诚、包容、坚强、勇敢、善解人意、独立有主见等精神,都能激发女孩正面心态的能量,帮助她们成长为内心强大的女孩,为将来的人生打底。

★女生文学读物要品质化、品牌化、系统化

《意林·小淑女》创办的时间不长,但读者的忠诚度、信赖度和美誉度在国内首屈一指,已经形成明显的品牌优势,它集"好看""清新""唯美""阳光""优雅""品位"等各种美好感觉于一身,始终以女孩的阅读感受为根本,全心全意为女孩服务,专心致志打造一流读物、精品读物。

读者的认可和喜爱,得益于《意林·小淑女》对文稿质量近乎苛刻的严格把关。为《意林·小淑女》供稿的作者,既有实力派中青年儿童文学作家,又有青春新锐派文学作者,编辑部每月收到近千封来稿,经过反复筛选、修改,优中选优,最终

确定30篇左右刊出；对于长篇图书出版，编辑部始终坚持"用心、专业、永续经营"的理念，不追求过度商业化、批量化生产，每一本书稿都精雕细琢、反复打磨，已出版的每一本图书几乎都成为业内畅销书经典，而《意林·小淑女》所倡导的女生文学概念及标准也成为业内标杆，引来众多同行追随。

除此之外，编辑部与一大批有潜力的青年作者建立了长期的独家合作关系，这些作者通过《意林·小淑女》、网络、电话、读者见面会等各种渠道，常年坚持在第一线与读者互动，倾听读者心声，保持创作活力源源不断。目前《意林·小淑女》独家签约作者的队伍仍在不断壮大，我们希望用几年甚至十几年的时间，形成有较大社会影响力的专业化女生文学创作基地。

为避免女孩因为阅读口味单一而造成阅读面、知识面过于狭窄，《意林·小淑女》除了做好文学类图书外，也努力开发适合女孩阅读的其他类别读物，比如励志、科普、时尚、生活类选题，同时力求经营品种以及传播途径上的多样化，依托原创精品内容，开发数字化传播、动漫、影视、游戏、周边产品、女生网络社区等，做好精品故事的深度经营，构筑全产业链发展模式。在销售渠道上，除传统的零售、邮局、校网等，我们逐渐在各地设立女生文学专柜和品牌专卖店，力争让读者随手可取，购买方便。

★ 为女孩营造愉快的阅读体验

《意林·小淑女》系列读物无论在内容还是包装上都具有较高的辨识度，为了方便读者寻找，我们对2012年7月之后出版（或修订）的新书做了统一规划：

○认准独家标志

《意林·小淑女》出品的所有图书，在腰封和封底上都有"意林""MiniMiss出品·女生文学"的独家标志（图1）；在书脊上，除了"意林"以及"MiniMiss"字体logo外，每本书还特别放置了"封面女孩"形象（图2），便于读者辨认和收藏；在前、后勒口上，每本书都有"纯正、阳光、向上，为中国女生量身打造优质课外读物"的字样（图3）。

图1

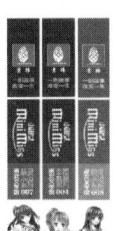

图2

图3

○ **识别编号**

《意林·小淑女》出品的所有图书都将逐渐归于"淑女文学馆""淑女漫绘馆""淑女励志馆""淑女风尚馆""淑女生活馆"等特色馆（新馆不断添加中），每本书都有属于自己的编号，比如：

代表这本书所属类别是淑女文学类，编号为冒险励志系列004，即此系列的第四本书，在这本书之前，自然已经出版了001、002、003，后面也会有005、006、007……陆续上市；图书封底的总编号则代表了这本书在《意林·小淑女》所有出品图书中的总排序。

○ **女孩特色包装**

每本图书都会配备一张淡雅的紫色或粉色前衬页，上面印有"意林"及"Mini Miss"字体logo；在小说类单色印刷的图书中，会加有4页铜版纸彩色插图页，第一页的"淑女宣言"（图4）代表了《意林·小淑女》所提倡的优质女孩精神，第四页则标明了本书所属的系列及编号（图5）。

图4

图5

我们目前所使用的字体、字号以及行距，是在经过大量调查研究和多次测试后确定的，适合成长中的女孩阅读，每一页的内容既充实，又不至于给读者造成阅读疲劳。

所有的一切都是为了给成长中的女孩提供价值导向健康、养分丰富、品质优良的课外读物，营造愉快的阅读体验，我们希望以传媒人"有爱有担当"的社会责任感和"一生只做一件事"的专注精神，不遗余力地建设女生文学，推动女生阅读向前发展，全力打造中国女生喜爱的文学品牌！

目录 contents

| 189 篇外篇 借粮 | 175 第十章 风雨如斯 | 157 第九章 明枪暗箭 | 139 第八章 初来乍到 | 119 第七章 始料未及 | 097 第六章 后会有期 | 079 第五章 天之将明 | 059 第四章 与虎谋皮 | 043 第三章 出尔反尔 | 021 第二章 打草惊蛇 | 005 第一章 一石三鸟 | 001 楔子 |

楔 子

天幕辽远，旷野无边。

我前些日子在建康宫中待得太久，突然得了机会，迈出帝都皇城，眼见着面前横陈山水千阙，身后伫立十万大军，心中豪情自然激荡万分，真想立刻抛却束缚，纵马狂奔。

可行军打仗，哪能全由我的性子？好比说这会儿，军中气氛肃穆，我身后虽然行了千万人，脚步却没有一丝杂音，我也只能按捺住躁动的心，紧一紧手中缰绳，把踏雪的脚步放缓，好跟上大军整齐的步子。

大约因此，先前被我抛下的那辆马车，才能寸步不离地跟在我身后。

我原本没把那辆马车放在心上，可大军休整时，我突然想起，出征前云让哥哥赠我的桂花糖糕还留在马车里，而等我取回马车里的点心漆盒，打开一看，就见桂花糖糕只剩了桂花糖末，如果不是马车里藏了打牙祭的老鼠，就定是藏了个偷吃我糖糕的人。

要知道我这马车，为了出行轻便，车身做得精致小巧，唯一一处可以藏人的暗格，也绝容不下一个成年人的身量。

那么普天之下，身量未足，又胆敢藏在我随军的马车中，偷吃糖糕的人，还能有谁？

我用脚尖钩起地上一柄长枪，抬手捞起枪柄，拿长枪顶上的尖尖，隔着暗格，戳了戳里头藏着的那个人。

那人也是个惯会隐忍的性子，被我连着戳了三下，硬是一声没吭。

我于是站在原地叹了一句："哎呀，马车里存的口粮，统共只有这么点儿，此去边关，路途遥远，你说这糖糕吃完了，可如何是好？"

小九闻声也凑到马车前，接着我的话说："将士每日的口粮都有定数，恐怕匀不出多的来。我听说这人哪，断食断水之后，尚能活七日，也不知那'眼睁睁瞧着自己枯瘦干瘪'是何滋味，啧啧啧。"

我心想，小九仗着自己多吃了几年米，就这么诓骗吓唬一个小孩子，实在

不是君子所为，但转念一想，小九从来也没把自己当过君子，只得干咳一声，附和说："原来死状如此惨烈，委实作孽。"

我俩如此一唱一和，却见暗格里的人，还是隐忍着毫无动静。

他是铁了心要藏在马车里跟着我上战场了，可是自古战场刀剑无眼，岂是一个孩子能去得的？见状，我便不打算给他留面子了，抬手敲了敲暗格顶子说："小梧桐啊，你要是现在乖乖出来，我见你诚心悔过，还能既往不咎，但若你敢继续藏着……兴许此时，建康城送军的百姓还没散尽，我就写个'逃兵'的牌子，挂在你身上，叫人牵着你在全建康的百姓面前走上一遭，到时候，烂菜叶臭鸡蛋全往你脸上招呼，你非但这次不能跟着我上战场，以后，哪怕是你长大成人了，也绝对没有脸面再往战场上凑了。"

暗格里的人见我态度坚决，终于动了动，闷声说："师父，徒儿不是不愿意遵师命，可这几日，你跟师伯闹别扭，师伯成日不在朝晖宫中，连面都见不到，更加无法兼顾徒儿的课业。徒儿已经把师伯先前布置的功课，来来回回做了三遍有余，如今师伯跟着那位什么公主，去了吐谷浑国，更加顾不上徒儿了。徒儿本想来找师父，又从宫人口中得知师父领了旨，要随军出征。都怪徒儿太笨，想见师父，想跟着师父，却只能想出藏在马车里这样的馊主意。"

梧桐一边说，一边搂紧了暗格的顶子，执意不肯出来。

我拿手指抚摸着暗格的挡板，动作放得轻柔，就像在抚摸梧桐的额头，叹口气柔声说："是师父思虑不周，这几日只顾着自己伤怀，锁紧朝熙宫原是为了挡着……旁人，却不想也挡住了你。"

梧桐好像哽咽起来："师父，徒儿没了爹娘，没了姐姐，本以为这一生，要苟活在破庙草棚里，跟野狗抢吃食，是师父救徒儿出苦海，给了徒儿生路，还帮徒儿报了大仇，徒儿知道做人不可以贪心，可……还是想求师父，能不能不要抛下我……"

这话说到后来，分明带了哭腔。

他小小年纪遭逢家中巨变，心里的悲恸彷徨该有多少，只怕不是外人能体会到的，可他偏偏隐忍，从前更是不曾在别人面前显露分毫。

如今我和……他师伯，都因故不能陪在他身边，可想而知，这孩子一个人待在人情冷漠的建康宫里，该有多害怕。

我被他这最后一句话，说得险些动摇。

小九在我身侧，适时地摇了摇头，示意我：不可以。

我自然知道战场上除了刀剑，还有血腥杀戮，怎么能让这么小的孩子亲历？正在左右为难，不知道如何是好的时候，就见身后城关外，有人骑马向我这边奔来。

来的人是郡主姐姐。

也许是此次边关战事不利，平阳王下落不明，家国忧患，使得原本深居宫中，瞧着弱质纤纤的郡主姐姐，眉眼间也多了几分凛然之色。

这还是我头一回见她策马，马蹄扬起尘沙，马背上的人裹着一袭红披风，袖袍飞扬，更衬得其人清丽绝尘。

我这里正愁找不到人托付小梧桐，骤然瞧见郡主姐姐，自然格外亲切。

只见郡主姐姐跃下马背，掏出袖中一物对我说："囡儿走后，我心里一直难安，如今父亲在外下落不明，皇上特许我出宫还家，以宽慰母亲。这枚平安符，是我诚心诚意在建康城外香火最鼎盛的庙里求来的，一定比先前在宫中求得的更灵验，你务必要贴身戴在身上，如此我才可安心。"

我触及她的手，察觉到她这一路疾驰追来，手背已经冻得冰凉，亦知道她担忧我的安危，便郑重地将平安符接过来，当着她的面挂在脖子上，笑着跟她承诺："我一定好好戴着，一定平安归来。"

她牢牢抓住我的手说："一定。"

我望着她恳切的眼睛，点头回道："一定。"

她心绪稍安，我又把梧桐的事老实交代了，顺带敲了敲暗格的顶子说："师父从未想过抛下你，只是暂别，等师父回来，就将你接到身边，亲自教导，再也不跟你分开。"

那日最后，梧桐还是躲在暗格里不肯出来，我便劳驾了郡主姐姐，弃了先前的马，乘了载着梧桐的马车，带着梧桐一道回建康城中去。

能将梧桐暂时安置在清静的平阳王府中，又有郡主姐姐悉心照顾，我自然是放心的。

而且以梧桐的心性，若能伴在郡主姐姐身边，也可替我安抚姐姐，不至于让姐姐一直忧心难抑。

如此安排，对他二人都好。

我于是长舒一口气，起身拍了拍身上攒了半日的灰尘，重新跃上马背，向着千阙关山的尽头而去。

第一章 一石三鸟

一

古往今来，但凡有大军开拔，最怕的事，莫过于粮草不济。

这"粮"字说的是兵士们用来果腹的米粮，而这"草"字，除了是马匹所需的草料，更是前线医治伤患的药草、行军布阵时抵御严寒的棉衣布席。所以说这"粮草"，虽然只有两个字，却是包罗万象。

听说督办此次随军物资的魏大人，不眠不休三个日夜，才好不容易凑足此行十万大军的小半月的物资。

又听说魏大人煎熬了三个日夜以后，仍是强眯着一条眼缝，亲自随皇上和百官，目送我与翊王一行人浩浩荡荡地出征，这份鞠躬尽瘁的胸怀，实在是非寻常人可比。

小九咂嘴，趁着晌午时分，大军原地休整，嚼着干粮的这片刻，还不忘跟我分享沿路搜集来的八卦趣闻。

只听小九道："眼见着那宫门外，大军渐行渐远，魏大人的眼缝也越来越窄，直到最后皇上一挥袖子摆驾回宫，魏大人一个不慎合上了眼，硬生生从几百阶高的御道上直挺挺地滚下来，当场摔掉三颗大牙不说，腰也给摔折了！"

我唬了一跳，险些被干粮呛着，忙问："后来呢？"

小九一边递水袋，一边替我拍背："后来皇上远远瞧着魏大人扶腰吐血，圣心甚慰，直夸魏大人为江山社稷呕心沥血，乃当世不可多得的股肱之臣，连着升了他两级官位，还加了许多封赏。如今魏大人官运亨通，说起来还得多谢你。"

我一口气将水袋里的水饮了大半，好不容易平复了些，颇谦虚地说："实在是魏大人筹备粮草得宜，有功于社稷，怎么能说要多谢我？"

小九就差翻给我一个白眼："要不是你担忧前线伤亡过重，恐有疫情，额外写了方子，让魏大人多多筹备防治时疫的药草，魏大人又怎么会煎熬三个日夜，困得在御前失仪？"

我一向脸皮厚些，立刻便从善如流地说："哪里哪里，我写的方子里，防

治时疫的药草还是其次，倒是你添上的那味止血、化瘀的药草'蒲黄'，因生于河流、池沼，不好采摘，才耗费了魏大人许多精力，致使他好几个日夜没有合眼，为江山社稷呕心沥血，最终'皇天不负苦心人'，加官晋爵，得了那许多封赏。"

小九不与我辩白，只皱着眉说："说起来也怪，原本蒲黄这味药不算什么稀罕药材。哪知魏大人筹措时，城中药铺十有八九缺货，就连我家的药材行也说，日前有人花大价钱收购了不少止血药草。京中蒲黄紧俏，周边各地也有缺货上报，只是不知，这花大价钱囤购药草的是何人，只盼是友非敌才好。"

我俩啃完手里的干粮，小憩片刻，便见远处旷野低云，秋末的黄草野花随风摇曳，大军休整完毕，将士已经整装待发。

回想五日来，大军一刻不停地行进，翻山越岭，跨河穿州，到此时，可以说是人困马乏。

我起先还一本正经地穿着厚重的铠甲戎装，但出了建康城，绕过几个弯，再也没有宫中眼线、规矩束缚，便掏出包袱里事先准备好的衣裳，换成了便装。

此番准备的衣裳，自然是男装，小九时隔数月终于脱下女装换回男装，整个人都欢快了不少。

不过可惜，身为"太子妃侍女"，他不得不同我一道，与众将士隔绝开来。

虽说我名为"监军"，理应与将士们同吃同住、同进同退，但将士们显然谨守规矩，时时刻刻与我保持十丈开外的距离，害得我每每想与将士叙话，都要扯着嗓子，以至于行军五日来，人虽撑得住，嗓子却大大不好了。

连累小九这样一个话痨性子，也跟着我一道沉默寡言起来。

我心道，这样下去，可不是办法。一早便知随军出征，绝对不是件容易的事，所以事到临头，我也不能惧怕。

眼下摆在我面前的难关有三：

一是此行皇上派了东宫左右亲卫与我同行，左卫首领商曜与右卫首领钟吾，也许是和我不太熟悉的缘故，谨慎少言得有些过分，我势必要寻个机缘，探探两位大人的底才行；

二是众将士碍于身份之别，与我生疏客套得紧，要知道行军路上如此拘谨倒是无妨，可将来战场上瞬息万变、情势危急，若再如此，便是大大地不利于战局；

三是连日行军，人困马乏，精力不济，最好是能想个办法，令将士们舒缓精神，劳逸结合。

恰巧大军今夜驻扎的地方，竟然挨着一个不大不小的野湖。

夜间朗月微星，天幕高阔，我借着这样好的月色，牵了踏雪，绕行野湖一圈，瞧着湖心的月影，忽然生出一个"一石三鸟"的主意来。

二

第二日天光未亮，虫鸣将歇之时，我早早地梳洗停当，直奔左右亲卫首领的军帐。

原本"亲卫"，应该是顶顶忠心不贰之人，可惜东宫的亲卫估摸着还是更加忠心于皇上，并不忠心于我。

但话虽如此，商曜和钟吾身为左右亲卫军的首领，倘若能使他们放下成见，与我携手抗敌，也算一桩善事。

所以这第一步，便是借着游湖，我要与两位亲卫大人交一交心。

这时候，湖中荷叶已枯，临近岸边的莲蓬大多被鸟攫折，唯有湖心处几枝秋末的小荷刚刚结果，新莲蓬尚绿，远远瞧着甚是讨人喜欢。

我晓得这会儿跟在我身后的商曜和钟吾，一定满腹疑惑，便开门见山地说："两位大人既是左、右卫首领，身上定然有过人之处，今天带你们来这里，除了游赏湖光以外，更是想考校一番两位大人的本事。"

我这话音落下，商曜还算镇定，钟吾第一个开口："太子妃殿下打算如何考校？"

我负手踱步，摆出一副高深莫测的架势："不知两位大人素日用的是什么兵器，惯常用刀枪，还是用剑戟？"

商曜持剑抱拳："属下二人惯常用剑。"

我就把目光落在他手中的长剑上，点头道："剑是君子之器，用剑甚好，只是今日切磋，点到即止，所以，两位大人随身的长剑便解了吧。"

这话说完，商曜面色如常，又是钟吾忍不住开口："属下身负守卫太子妃殿下之责，长剑万不敢离手。"

他说的倒是实情，身为亲卫，需时时护卫主上安危，剑不离身乃是本分，大抵从前没有人提过这么不循常理的要求，所以商曜和钟吾都没有听命。

其实我生平最不愿做的事，头一件便是"强人所难"，此情此景，如果换作从前的我，多半会打个哈哈便过去了，解不解剑都由你。

可我如今既然做了太子妃,成了这左右卫的统领,便也只能拿出君上的架子,寻这么一个"八竿子打不着"的由头,立一立威。

钟吾所答在我意料之中,我便笑道:"如今你我二人,立于这么一处风平浪静的小湖旁,远无祸患,近无隐忧,再加上钟大人瞧着年长我许多,自然可以照着自己的主意行事,即便是与我相悖,也不影响大局。"

我笑得格外诚挚,钟吾还没咂摸出我这番话的弦外之音,倒是商曜神色微动。

我继而道:"但他日在战场之上,倘使我发号施令之时,钟大人又有了什么与我相悖的主意,届时,就不知这东宫亲卫近万人,究竟该遵循钟大人的号令,还是该遵循我的号令?"

这话说得极重,而且话到末尾,我要将原本的笑意消散于无形,转而换上雷霆之怒的模样,效果才能达到最佳。

这便是"立威"的要义:有话偏不能好好与人说。

钟吾闻言,撩袍便要跪,急道:"属下不敢。"

我赶忙托住他的手臂,拦住他下跪之势,到底于心不忍,叹了口气说:"钟大人确实年长我许多,此举实在是折煞我,往后也不必动不动跪来跪去,以钟大人的资历,与我平辈论交,已经算是委屈了你。"

钟吾身形明显一滞,想是从来没有见过,有人"立威"立了一半,好戏刚要开台,竟然中途撤场的。

我向来是不爱与人拐弯抹角的性子,索性直言道:"先前让两位大人解剑,也不是全无道理,此处湖心有三枝莲蓬,本想让两位大人同时去采,看谁采得多,就算谁获胜。奈何湖心与湖岸相距甚远,两位大人若带着佩剑施展轻功,着实不便。"

商曜此时倒不含糊,当即解下腰间佩剑,递给我身旁的小九,对我颔首道:"殿下说得是,属下自当遵命。"

钟吾见他首肯,随后也解下了自己的佩剑,朝我抱拳道:"殿下思虑深

第一章 一石三鸟

远，是属下鼠目寸光，未能明白殿下深意。"

我自然晓得钟吾这句话说的不是眼下解剑之事，而是他日战场之上，军令如山，无论军令如何匪夷所思，都只可遵从，不可违逆。

钟吾同样利落地将佩剑递给小九，此时天际泛起鱼肚白，云蒸霞蔚，颇是一幅壮阔之景，我抬手朝两位大人做了一个"请"的手势，两位大人抱拳一礼，衣袂随之翻飞而起，足尖已踏上层层莲叶，并肩朝湖心跃去。

其实湖心原本有十数枝莲蓬，都怪我昨夜一时兴起，自己采来偷吃了，末了只剩下如今的三枝。

晨起的将士，远远瞧见湖面上两道人影，商曜身着乌檀色长袍，钟吾身着青褐色外衫，一乌一青于片刻间已交手数次，湖面涟漪相叠，原本就枯了大片的荷叶被他二人摧折过半，细碎的阳光洒落于二人举手投足间，旭日金光为二人的颀长身形镀上一层耀眼金边。

总而言之，高手过招，当真好看！

我站在岸边，忍不住为他二人喝起彩来，细听周遭动静，围拢过来的将士也与我一样按捺不住，纷纷拍手叫好。

我趁众人不察，朝小九龇着牙一笑："第一关勉强过了，总算不枉我起了大早，饿着肚子，在这瑟瑟秋风中站了这小半个时辰。"

我说这话时，旭日总算挣脱重重云影，圆满地挂在东方天幕当中，红橙相间，仿佛一枚流了油的咸鸭蛋。

这么一想，我只觉肚子饿得"咕咕"直叫，横竖第一道难关已经过了，我便不再恋战，转而把心思放在如何攻克第二道难关上。

三

连日来,众将士与我相安无事,但终究太过疏远,如今有商曜和钟吾一番比试,珠玉在前,想来众将士观战之时,定然心潮澎湃,或许会跃跃欲试,想要一展身手。

我昨夜便打定了主意,料想此时湖中,除了莲蓬,还有湖底的大片莲藕,若选择军中能士与我一道下湖采莲藕,左右小湖只有这般大,由不得他们再拒我于千里。

更何况,新摘的莲藕清脆可口,正适合此时拿来,做成小菜下饭用,不失为一件乐事。

我心中的算盘打得"噼啪"响,但凭我一人之力,恐怕差遣不了这么许多人。

所谓谋定而后动,"天时地利人和",缺一不可。

如今"天时地利"尽在此处,只差一个"人和"。

远处天色既明,军帐之中的翊王,定然已经知晓湖中事。

小九心领神会,将怀里的两柄长剑扔给我,便朝翊王军帐那处去了。

与此同时,商曜与钟吾已采了湖心三枝莲蓬折返回来,不出所料,商曜得了两枝,钟吾只得一枝。

我将长剑郑重地归还二人,格外恳切地说:"两位大人身手了得,难怪父皇将如此重要的守卫东宫之责,放心地交给两位大人。想来今后无论是行军途中,抑或是将来上了战场,我都可将身家性命放心地托付于两位大人,两位,请受我一拜。"

商曜赶忙相扶,我仍是执意敛衽拜了一拜。

钟吾颇有些不好意思:"太子妃殿下实在折煞属下,守卫殿下,是臣等分内之事。"

我朝他一笑:"纵使是钟大人职责所在,我仍然心怀感激。"

钟吾一怔，挠挠头，更加不好意思了。

说话间，翊王那处有了动静，只见翊王派了自己的亲卫傅谦，前来传令，傅谦朗声对众人道："翊王体察诸位将士连日行军辛苦，特准今日延后半个时辰开拔，军中凡任'千夫长'一职者，可下湖采摘莲藕，为手下将士加菜。且以一炷香时辰为限，采摘莲藕数目最多者，额外有赏。"

此令一出，立时引来叫好声一片。

须知我大宋男儿，多在山川湖泊中长大，个个水性绝佳，更何况此番下湖，一是为手下将士加菜，二是为舒展筋骨，一举两得，何乐而不为？

所以无须催促，"千夫长"们已经迫不及待地出列，摩拳擦掌，只等傅谦一声令下。

军中每名千夫长统领一千人，所以十万大军，一共有千夫长一百人。

这一百人中，约莫有九十九人都神情雀跃，早早除去累赘的外衫，只等下水一试身手。

却有一人，脚步迟滞，明显面露难色。

我原本正愁寻不到好借口与众将士一道下水去，眼见着这名书生气十足的千夫长面露难色，不由得一边示意傅谦稍等片刻，一边走到那名千夫长面前，关切问道："这位小兄弟面色发白，似乎有沉疴在身，不知是身子哪处不妥，是否需要军医前来问一问诊？"

面前这位千夫长年纪不大，一双清眸微晃，就如同不远处那片水波荡漾的秋湖，他拘谨地抱拳道："回禀太子妃殿下，楚禾并非染病，而是原先征战伤了右腿，这时节天气将寒，旧伤复发所致。"

原来如此，我心念电转，只觉得大好机会就在眼前，索性一拍楚禾的肩："既然你有旧伤在身，今日只怕不便下水，但若你不下水，势必要连累你手下千人没有新鲜的莲藕吃。要不，我代你下水，摘得的莲藕，全算在你身上如何？"

此言一出，众人皆惊。

我晓得此举有些出格，众人势必要先来规劝一番。好在商曜和钟吾方才见识了我的行事风格"有悖于常人"，此时听我这么说，倒比旁人镇定许多，未曾开口相劝。

于是气氛僵持之下，将领之中瞧着资历最深的一位越众而出，苦口婆心地劝道："太子妃殿下千金之躯，如何能与吾等莽夫一同下水？况且湖中淤泥污秽，恐污了殿下靴履，望殿下收回成命。"

我心想，当年我在泥巴地里打滚之时，比之如今，有过之而无不及。但真要如此说，实在是不大符合我如今的"身份"，也只能想想便罢，话到嘴边硬生生咽下，临了换了个冠冕堂皇的说法，道："他日战场之上，刀剑无眼，水火无情，恶劣情形数不胜数，眼下区区几点湖泥，何足挂齿？"

难得的是翊王的亲卫傅谦，并没有出言反对，约莫是来时奉了翊王的令，不论我行事如何出人意料，都不可反驳。

众将领面面相觑，见我执意如此，也不好再阻拦，纷纷把目光投向商曜和钟吾，盼着他们好生照看我，千万不要惹出什么纰漏，无法向皇上交代。

我回给商曜和钟吾一个安抚的眼神，也像余下的数十位千夫长一样，挽起裤腿利落地下了湖。

四

时值秋末,湖岸边已有干涸之象,枯荷泥沼之下,必藏有不少新鲜莲藕。

我原先跟着小九混迹青吾时,偶尔米粮不济,也曾下湖摸过鱼采过藕,自然知道采藕除了要使蛮力以外,技巧也必不可少。

盲目用手掏淤泥,是笨办法,更省力的法子是,先寻荷叶较多之处,用脚试探底泥是否松软,以脚尖探出莲藕迹象,再用手顺着莲藕深挖,并且切不可将藕挖断。

如此,才是采藕之道。

我身负多年采藕经验,下水不久,已收获颇丰。可惜此行目的,不是采藕,而是拉近与众将士之间的距离。所以我认真采了半炷香时辰的藕,深觉得眼下这白净光洁的二十几节莲藕,已经足以对楚禾有个交代,剩下的半炷香时间,便放心大胆地去跟千夫长们"套近乎"了。

千夫长们平日里统御千人,自然也都有几分真本事。可水性在行,却不代表挖藕也在行,我举目四望,虽然千夫长们各自忙得热火朝天,但显然就有那么几个不大擅长此道的,要么是寻不到藕,要么就是用力太过,挖出来的藕只有黑乎乎的小半截,藕心里还灌满淤泥,难以清理。

此时湖岸上观战的将士各自为营,纷纷为自家千夫长助威。此情此景,如果当真空手而回,岂不是大大地丢了颜面?

我这会儿就走到一名一无所获的千夫长身边,凝神用脚尖探着淤泥底下的藕,然后朝他招招手道:"你来此处,此处有藕。"

那名千夫长迟疑一瞬,想来是还顾念身份之别,不敢贸然向我靠近。

我"恨铁不成钢"地指了指他身后不远处:"你瞧旁人,采的藕都摞成小山高了,一炷香时辰稍纵即逝,你再不来,可真要空着手回去了,给人笑话不说,自己的将士还少了一道新鲜的小菜吃!"

那名千夫长闻言,一咬牙一狠心,好像"赴汤蹈火"一样,神情颇决然地

朝我走来。

我被他的模样逗笑了，颇认真地问他："你瞧着我像老虎吗？"

他一愣，似乎不解其意。

我又高声喊道："叫你过来采藕，又不是要吃了你，你扭扭捏捏地做什么？"

周遭采藕的千夫长们都被这句话逗笑了，他面上赧然，果真也不扭捏了，大步踩着水花向我走来，然后在我指点过的方位动手挖藕，不多时，就将一节嫩白的莲藕提上水面，赢得他手下那群将士的一叠声喝彩。

许是又有人挖得了许多藕，湖岸边众人摇旗呐喊，声势浩大。

我在百忙之中抬头一瞥，翊王也赫然在列。

对比那些伸长了手臂不时欢呼的将士，翊王只安静地立在一隅，周遭的喧哗声，此起彼伏的绰绰人影，好像都在他身侧失了颜色，而他虽身处浮华热闹之中，却仍是一身肃然孤清。

我只看了他一眼，就被他身上无形的霜刀刺了眼。

若说私下相见，偶尔他还能放下戒备，与我把酒言欢一番，如今他重回一军主帅的高位，身上"生人勿近"的气势又比先前加重了五分，这么无意间一瞥，差点儿冻得我一个趔趄。

正当我分神凝思间，翊王的视线也越过众人，落在我身上。

我赶忙收敛心神，邀功一样，朝他晃了晃手里新得的一节藕，他颇无可奈何地望了望那节藕，面上神情还是一贯的如铁汁浇灌过一般，绷得紧紧的，叫人轻易看不出喜怒。

这便是他们皇家惯用的一套行事准则，无论是像霁王一般逢人便笑的，还是像翊王一般逢人便肃然冷眼的，都叫人摸不准他们的所思所想，无法预判他们下一步会如何行事。

五

一炷香时辰转眼已至,傅谦亲手击鼓,示意比试结束。

那几名先前还扭捏的千夫长,在我的指点下,收获也算丰厚,如今他们再见到我,生疏之意就减了许多,转而换上了一副熟稔的模样,甚至上岸时还招呼我一起,更伸手拉了我一把。

我自然高兴得很,上岸之后,把先前采的莲藕尽数交给楚禾,笑着跟他交代道:"我总算不负所托,粗略采了三十节藕,虽然数量上没有拿到头名,但给你帐下的兄弟加个菜足矣,拿去吧。"

楚禾十分郑重地道谢,我一挥手道:"举手之劳,何足言谢?倒是你的旧疾,若不嫌弃,今晚宿营之后,可到我帐中,我自幼研习医术,哪怕不能为你根治,也可稍作缓解。"

楚禾明显退了小半步才道:"太子妃殿下好意,楚禾心领,只是君臣有别,楚禾之疾,万不敢劳驾殿下诊治。"

我悬在半空的手,无力垂下,看来此行,我从这高高在上的"太子妃殿下"到与众将士平起平坐的"监军大人"之路,还任重而道远。

但我向来不是个轻易气馁的人,楚禾既然恪守身份之别,我也不能勉强,只说:"虽是旧疾,也不可掉以轻心,我会叫随行的军医替你诊治,这回你可不能再推辞了。"

他抱拳道:"楚禾谢过殿下。"

我回以一礼,远远瞧见小九站在翊王身侧,似乎是在等我,便与楚禾告别,朝小九那处走去。

彼时我的衣衫发鬓被湖风吹得有些散乱,挽起的裤脚上沾着厚厚一层湖泥,模样看起来有些狼狈,所以翊王瞧着我一步一步朝他走,一向平整的眉心越来越皱,末了我走到他面前,正瞧见他眉心皱成一个"川"字。

小九机灵,立时迎上我,将手里一早准备的外衫披在我肩上,翊王的神情总算缓和了些,只是把目光落在我的手臂上,似乎是有询问之意。

我早就知道荷叶梗有刺,所以采藕的时候格外小心,但情急之下,免不了磕磕碰碰,荷叶梗上的刺扎在手臂上,被湖风吹拂,也不过就是划出了几条微不足道的红痕而已。

我怕翊王拿这些红痕说事儿,抢先打个哈哈说:"你叫傅谦代你传令时,我还以为你是打定了主意作壁上观,哪知道莲藕采了一半,竟看见你亲自前来观战,所以不免心潮澎湃,格外想在你眼皮底下出一出风头,就……没大顾上旁的,不留神被荷叶刺划了些红痕,但都是小伤,没有大碍,不妨事。"

我笑得温良无害,一番话说下来,连我自己都信了,再看翊王,分明唇角微弯,也是笑了,可瞧见我瞅着他,脸上那浅浅的笑意倏忽就不见了,只冷哼一声道:"说得倒轻巧,几条红痕?分明是十数道血痕。"

我将外衫扯了扯,把手臂裹得严实些才说:"此行我包袱里塞了大大小小的伤药数十瓶,区区小伤,何足挂齿?倒是你,先前既然不出面,如今又为何主动出面?"这是要转移话题之意。

与此同时,傅谦已经带人清点了采回来的莲藕数目,择出此番比试的头名,赏了那头名一把颇有斤两的长弓,作为彩头。

周遭喝彩声不绝于耳,翊王于是压低了声音道:"先前不出面,是因为猜到你会借机胡闹,试想若我在场,众将士合力相劝,我怎好直言拂他们的意?"

原是给我一个胡闹的台阶下啊。

如此说来,我更加好奇:"那你如今为何又出面了?"

翊王拂袖,故意留给我一个孤傲的背影:"你在外面闹得声势震天,我再不出面,怕你把营地给掀个底朝天。"

我朝他的背影做鬼脸,犹不服气地说:"事实证明,我这番胡闹,颇解乏,将士们现如今各个红光满面,瞧着倒比五日前未开拔时,还要容光焕发。"

他头也不回地朝军帐那处走,末了抛下一句:"若非如此,我怎会任你胡闹?"

　　经此一役,将士们短暂舒缓了连日来紧绷的心神,但前方战事依然吃紧,此行必然要面临一场腥风血雨,耽搁了这半个时辰之后,大军重新整装出发,将士们脚步铿锵,军中气氛又恢复了先前的肃穆凝重。

　　莲湖已远,雁阵惊寒,所有人心知肚明,前路唯有迢迢野水,茫茫衰草,隐隐青山。

一

抵达虎牢关前夜，燎原的北风已经开始肆虐。枯黄的野草横陈在雾霭山峦间，枯叶成叠，被秋霜裹挟，尽数染了湿寒意。

夙夜赶路，接连两日不眠不休之后，大军距离虎牢关终于只剩下不到一日的路程。

此际寒月高挂在树丫之间，孤光打碎在临时宿营的军帐前，我了无睡意，索性起身，翻出包袱里私藏的一只小坛，稍作思量之后，起身掀开军帐的帘子，把酒坛递给帐前守夜的那人，道："商大人，夜里风冷，这坛琼花酿，送给你暖身子。"

商曜回身望见我，还是一如既往地"拒人于千里之外"，语声恭肃道："属下多谢太子妃殿下好意，只是饮酒易误事，恕属下不能从命。"

我心道小九先前说得不错，两位首领大人中，钟吾虽瞧着最为耿直，但在不影响大局的情形下，勉强还能通融一二；商曜虽瞧着极好说话，行事却当真铁板一块，循规蹈矩，半分都通融不得。

原本我的军帐前，只有两名军士守夜，奈何两日前，商曜担忧："此处距虎牢关越来越近，前线伤亡惨重，百姓流亡，只怕夜间会有流寇趁机作乱。所以自今夜起，便由属下和钟吾大人，轮流为殿下守夜，如此一来，属下才能安心。"

我拗不过他，只得由他去，后来每逢钟吾守夜时，我还能劝钟大人："左右无事，不如你靠在军帐前，小憩一会儿养足精神。"

钟吾彼时笑容可掬，绝不像如今商曜这般不近人情。

我抱着酒坛子颇踌躇："商大人总是刻意与我疏远，大约是不愿逾矩，惹人非议。但其实，我一向最不将'规矩'二字放在眼里，更何况，军中向来最重兄弟之义，而非君臣之别，大家明日上了战场，便同为袍泽兄弟，身家性命都能托付，何必执着于虚礼？"

商曜难得没有直言推拒，而是淡淡道："殿下深明大义，属下受教。"

我叹了一口气:"商大人若当真如此客套生分,也无妨,本官先前在建康时,见了许多宫中贵人为人处世之道,日日熏陶,也学会了一些。就好比说现在,本官要赏赐你一坛酒,商大人若是辞而不受,便是违逆本宫旨意。本宫临行前,得了父皇钦点,可代为发号施令,所以本宫的旨意,就如同皇上的旨意,商大人是打算公然违抗圣命不成?"

商曜闻言,便要行跪拜大礼,幸而我眼疾手快,托住他的手臂道:"你瞧,我先前说,你我之间不必拘礼,你不愿,如今我遂你的意,与你规规矩矩地说话,你又要行大礼,横竖我如何做,都是错。"

这一番抢白,倒是叫商曜无话可说。

我心里小小得意了一番,面上却装作痛心疾首:"你也晓得,行军之路充满艰难险阻,行李辎重更是能省则省,所以我私藏在包袱里的这一小坛酒,实属来之不易,原本很舍不得送你,既然你不喜欢,正好,我便拿回去自己喝了。至于商大人,在这冷清的寒夜里,独自守着我这一方军帐,实在辛苦,但是商大人向来高风亮节,定然会说'太子妃殿下言重了,这都是属下分内之事',如此,我便欣然领受了,有劳商大人,告辞。"

不等他反应过来,我便抱着我的酒坛子潇洒离去,留给他一个高深莫测的背影。

犹记得,行军途中,小九曾细细跟我分析过两位大人的身世近况:"钟吾幼年时的遭遇算得上凄惨,吃过苦中苦,做过人下人,之所以对皇上忠心耿耿,便是因为皇上早年慧眼识英才,后来又亲手提拔他做了东宫亲卫首领,知遇之恩,加上再造之恩,非同小可,所以想让钟吾对皇上倒戈变节,是决计不可能之事,正因如此,皇上对他才格外器重。而商曜此人,藏得太深,心思也重,如若非要从二人之中选择一个或许能忠心于你,多过忠心于皇上的人选,只怕还是商曜更加合适。"

彼时我也曾好奇地问过:"何以见得?"

小九神秘地说:"商曜虽然明面上滴水不漏,但听闻私底下有个嗜好,就

是喜欢收藏名剑。如今他佩在身上的长剑'琼章',就是出自铸剑名家之手。说起琼章的来历,恰恰好,咱们师父赠你的那柄软剑,正与琼章同出一脉,据我所知,铸剑师铸出琼章这样顶顶硬的硬剑,又铸出你那柄顶顶软的软剑之后,余愿已了,自此封炉,金盆洗手,隐遁江湖。所以你二人的剑,皆是世间绝响,别无二家。若你日后找个机会,在他面前露一露'十丈软红'的锋芒,说不准不用你主动示好,他自己就上赶着来找你了。"

那日我还与小九说:"虽然你分析得头头是道,但是与人相交,怎能全凭算计?如今两位大人,总算与我还算是一条船上的人,俗话说'日久见人心',他们与我相处久了,定能明白我的一片赤诚之心。"

但,转眼我就在商曜这处栽了跟头。

如今这大好的一坛琼花酿,无人品赏,实在可惜,我索性抱着坛子,进了小九的偏帐。

二

小九嗅着酒香睁开眼,幽怨地望着我:"好你个小团子,私藏了好酒不说,如今开了封,却不跟我同享,难道你要独吞不成?"

我岂是那等"吃独食"之人,当即把酒坛抛给他道:"这几日见你思虑太甚,怕你伤了脑子,好不容易见你睡熟,才没有出声喊你。"

小九一边咂摸着琼花酿的后味,一边揉着太阳穴道:"谁叫咱们两人之中,有人先天心智不足,只能勉为其难,与我共用这一个脑子。这几日我为你搜罗天南海北的消息,抽丝剥茧,逐一甄别,当真费神,你定然不知,这动脑子的苦累,比之身体的苦累,更甚。"

哪怕是如今这情形,他还依然不忘在话里话外挤对我一番。

从前每逢此时,我向来不与他做口舌之争,而是身体力行地,先揍他一顿再说。

小九果然有这样被我欺负的自觉,话音才一落地,人就一蹦三尺高,躲得远远的。

我温言说:"你过来,这回我保证不打你。"

他抱着琼花酿使劲儿摇头,故意捂着胸口说:"你哪里是不打我?你那是不打死我!"

难为他大半夜睡眼惺忪之际,身手还能如此灵活,可惜今夜,我心中压着块大石头,无暇与他嬉闹,只抬手拨弄着烛台上摇摇欲坠的烛火说:"今日前线传回的战报,你也瞧见了,几日前那场苦战,双方都没讨到好处,这才勉强休战三日,各自重整旗鼓。若我没猜错,北魏那处,皇帝拓跋嗣御驾亲征,他岂是轻易偃旗息鼓之人?蛰伏三日,定有所图。我今夜心绪格外不宁,你想,主帅平阳王至今下落不明,副帅薛君眉一面派兵增援营救,一面守城,自顾不暇,难免会令北魏有可乘之机。"

正说着,帐外忽然有人骑着快马送来急报。

急报先入翊王帐中,我听得不甚真切,但漏夜疾驰而来的战报,情形一定十分危急。

翊王连夜召了几名将领入帐,并派人召我一道商议。

我掀帘时,翊王正负手立于虎牢关方圆百里的地势图前,正当中一盏孤灯,被掀帘而入的疾风冲撞,摇曳出憧憧的影儿。

几名将领凝眉肃目,想来军情十分棘手。

翊王道:"魏军趁乱夜袭,直奔粮草而来,此处既然可以遥见火光,可见前线战局不利。"

一名将士当即道:"属下愿领先头兵两万,即刻驰援。"

翊王未置可否,只重新布置行军路线,抽调两万精锐兵士,下令这两万人即刻夜行,其余八万,力争明日卯时赶到增援。

几名将领各自领了军令,前去清点手下精锐兵士,预备相应事宜。

帐中刹那间只余我和翊王两人。

这些时日来,前线战报一个不落地送到翊王手中,战况胶着,自平阳王被困豹澥岭后,魏军多次攻伐,夺了虎牢关,逼得我军退守鹤林城,僵持不下。

听闻北魏皇帝拓跋嗣是个铁手腕,鹤林城如今城墙塌陷,城门数度摇摇欲坠,险些失守。

我军副帅薛君眉抵死守城,城中百姓除了老弱病残,但凡能出力的,不论男女老少,皆上阵迎敌。

鹤林城墙用烧红的铁汁浇筑,又遍洒火油,才堪堪挡住魏军的虎狼进攻。

但铁汁火油毕竟不是长久之策,魏军蛰伏三日,待一场大雨冲刷城墙之后,又伺机卷土重来。

城中大雨将歇,处处潮湿,轻易不会起火,唯有存放粮草的库房,极易燃烧。魏军放火烧城,毁去我方供给,可谓一石二鸟。此时此刻,兵贵神速。

翊王在摇曳的烛火中,站得如同一棵挺拔的孤松。

越是这样危急存亡的当口,主帅越不能展露丝毫畏战之态。

我亦挺直了腰板，立军令状一般道："鹤林城危，我知道若是派旁人率军驰援，你定然放心不下，不若你亲去，留下的八万兵士，我一定完完整整地为你带到鹤林城。"

翊王隔着摇曳的烛火望向我，眸光熠然，好像有许多话要说，又好像彼此心意相通，无须多言，末了，只道了一个"好"字，而后起身执剑，气势如虹地掀帘而出。

此行的两万精锐士兵已经准备就绪，翊王拔剑指天，高声道："魏军残虐，烧我城池，欺我百姓，今我大宋儿郎，俯仰天地，岂容宵小猖狂？诸位，可愿随我一战？"

这番话说得掷地有声，将士们齐声应和，声势震天。

翊王横眉扫过每一张热血澎湃的脸，眸中涌起的肃然杀意如这漏夜寒风，侵骨蚀肤。这是我从未见过的，也是原该属于他的——久经沙场千锤百炼始成的，大宋战神之姿。

金戈铁甲在寒夜里，应着孤高一轮圆月，发出肃穆白光。

万人呼号声中，翊王翻身上马，回给我一个"各自珍重"的眼神，而后跃马扬鞭，率军驰援。

马蹄声响在寂静夜色中，声如擂鼓，而后人影渐远，重归万籁俱静。

若说几日之前，我距离战场尚远，还不能明白真正的战场是何模样，到如今，鹤林城近在咫尺，前线的厮杀声仿佛穿过林霭响在耳畔，寒夜侵骨的风，将战旗吹得猎猎作响，余下的八万兵士，亦受到感染，厉兵秣马，枕戈待旦。

第二日天未明，我与八万援军一同开拔，奔赴前线。

三

鹤林城刚刚经历过一场大战,街巷间断壁残垣,零星烧着的火星与晨曦相映,往日喧闹的街市上不见来人,大半铺面尽毁,店家的招牌和门板散落一地。

一片萧条破败之中,有人骑着快马迎来。

来人是翊王的亲卫傅谦,他行至我面前,下马禀告道:"昨日魏军里应外合,险些攻破鹤林城门,幸而翊王及时赶到,现已将魏军击退,但前线伤亡惨重,翊王抽不开身,特命属下前来,与殿下先行会合。"

看来经过数个时辰的拼杀,鹤林城现已尘埃落定。

随后八万援军由傅谦带人安顿,我又从自己的左右亲卫中,分出三队人马,一队增援鹤林城中挂伤带彩的守备军,一队将前线伤员与阵亡将士妥善安置,最后一队安抚城中百姓,尽快恢复秩序。

三队人马有条不紊地执行各自的任务,翊王正在带人加固城墙,重新安排布防,听闻八万援军已至,又将我一道护送来的军需、弓箭、粮草等一一清点分派。

等做完这些,终于得到片刻喘息之机,我朝小九略一点头,他会意,与我一道,各自牵了马,刚要往翊王所在的前线去,就被傅谦恭恭敬敬地伸手拦下。

只见傅谦垂首立在街巷正当中,面上神情颇踌躇,半点儿不像他平日在翊王身边那样雷厉风行的模样。

我便也不催促,跨坐在马背上,手执缰绳,耐心地等。

其实他不用开口,我也大致能猜到他,抑或是他身后翊王的意思——无非是前线凶险,不许我以身犯险。

傅谦轻咳了一声,规矩地抱拳说:"殿下若有要紧事,可吩咐属下代劳,此处距关口已经很近,再往前,只怕刀剑无眼,伤了殿下。"

第一章 打草惊蛇

换作平日,要是明知险关在前,我肯定跑得比兔子还快。但今时今日,不说家国大义,单说临行前郡主姐姐的嘱托言犹在耳——我彼时答应她,定要将她的父亲平阳王安全带回去。如今平阳王被困豹澥岭已有数日,至今下落不明,我怎能眼睁睁看着平阳王身陷险境,却袖手旁观?

傅谦半晌等不到我的回应,疑惑地抬起头望了望我。

我朝他和煦一笑:"傅大人职责在身,多谢提点。"

他却怔了怔,估摸心里肯定在犯嘀咕,今日的我怎么如此好说话?

我却不给他反应的机会,扬眉看了一眼身侧的小九,小九立时笑得比我还要和煦,跳下马背站在傅谦面前道:"傅大人年少有为,不知可有家室,实不相瞒,我家还有一姊,尚未婚配,不知……"

傅谦被小九的一番直言惊得连连后退。

我瞅准时机一夹马腹,踏雪是何等丰神俊逸的马,当即一跃而起,从傅谦身侧擦肩而过。

余光里,瞥见傅谦身手也不赖,立时反应过来,便要追,只可惜小九狡猾得像只狐狸,二话不说扶着额头喊了一声:"啊,好晕。"就势倒在了傅谦怀里……

傅谦接也不是,不接也不是,眼瞅着小九就要像只软脚虾一样滑落在地时,傅谦终于忍痛伸手,扶住了小九的腰。

电光石火之间,他已错失追我的最佳时机,只能被小九拖在原地,目送我疾驰而去。

我心里道:"小九,好样儿的!"手上却毫不含糊,纵马奔赴翊王那处。

翊王好像知道傅谦肯定拦不住我一样,在人群中抬眼瞧见我,甚至还扯起唇角笑了笑。

不过这笑意太难得,不等我看清楚,就消失不见了。

我勒马在他面前站定,凑得近了,才瞧见他战甲上溅了许多殷红的血点,颈间露出的一截衣襟,也落了斑斑血迹。

昨夜一战，定不轻松。

他挥退众人，领我到他临时驻扎的营帐坐定。

许是身在战场的缘故，他身上"生人勿近"的气息更加浓重。

我这人，一向很有自知之明，自古兵书看得多，不代表实战也行，所以来之前，我从小九那里搜罗了不少军情，也算有备而来，因而瞧见他这样一副好像要"吃人"的模样，也没有腿软，该说的话还是一字不落地说了出来。

我说："此行我们的目的有三，一为驰援，二为守关，三呢，也是眼下最紧要的，是为解平阳王之困，将他安全带回。我听闻平阳王逃入深山野林，借助易守难攻的地势，加之薛副帅不断派兵增援，至今仍在与魏军周旋。魏军无奈之下也曾放火烧山，但好在秋来霜露太重，山火烧不起来，只能作罢。"

翊王颔首："既然有备而来，莫不是要我非答应你不可？"

我本来做好了口若悬河的准备，谁知被他这一句反问打了七寸，猛地噎住了。

翊王于是指着正当中的一幅山河走势图道："平阳王被困于此处，魏军盘踞四周，又抢先占据虎牢关，与鹤林城遥遥相望，如此大不利情势之下，你该如何救人？"

他肯如此问，便是有戏。

我赶忙掏出袖中一幅绢帕大小的山河走势图，指着上头小九画的两道红线说："鹤林城与豹獬岭，看似相距甚远，无从下手，但其实，城外五里，有不为人知的两条小路，可通豹獬岭旁侧的狮虎山，约莫薛副帅就是从这两条小路，派兵增援，才可保平阳王至今无虞。"

说到此处，我找回方才打了一路的腹稿，照着原计划说："魏军以为我方初来乍到，立足未稳，定不会贸然出兵，此时若不奇袭，更待何时？"

四

翊王这样一个擅兵之人，经年纵横沙场，使过的奇招险招，恐怕比我吃过的馒头干粮还多，所以我才一说到奇袭，他便眸中一亮，仿佛万丈深潭淬炼出一道寒光，光芒乍现。

也只消片刻，他极克制地将眸中的光敛在长睫之下，慢慢说道："昨夜我军伤亡惨重，魏军正虎视眈眈地盯着我们，若此时抽调兵力解救平阳王，被魏军得了消息，只怕对鹤林城不利。"

我自然知晓，翊王此行，为保边关，为保社稷，全都是家国大义，至于平阳王一人的生死，如果影响大局，则必要时可以放弃。

我既然能猜到翊王的言外之意，便没有打算强人所难。

也许是我脸上的神情过于决然，翊王伸指在我额前弹了一记，叹息一声道："你何时才能学会不把心中所想，一览无余地显露在面上？我瞧你这副模样，定然是打算独自出城逞英雄了，你可知图上的两条小道直通狮虎山，本不算什么秘事，为何魏军任由薛副帅不断派人驰援，竟从来不想着干脆把两条小道移平，好永绝后患？"

听他如此说，我霎时明白："魏军围困平阳王，是想将豹獬岭做成一个三面埋伏，只留一面的陷阱，专为了引人来钻，一面将援军困死山中，一面能分散鹤林城兵力，自古这样的手法都有个生动又恰当的形容——关门打狗，瓮中捉鳖。"

不过这话说完，我就后悔了，以我有限的学识，实在是很难把这好端端的智计，说得再文雅些。

翊王估摸被我最后这八个字的总结镇住了片刻，尽管此处除了我与他，没有旁人，但他分明想笑，却还是忍耐住，唇角翘起一个微不可察的弧，重新绷成一线。

我咳了咳："我们不要在意这些细节，说到三面埋伏，既然魏军故意留了

一面生门,就说明此事还有转机,如今八万援军已至鹤林城,鹤林兵力不虚,魏军一时半会儿也不敢贸然进攻,多半还是以暗中观望为主。我此行,带了一万东宫亲卫,这一万人,造些声势,吓唬吓唬魏军,又或者趁乱浑水摸鱼,应当不难。你知道的,平阳王,我势必要救。"

翊王格外认真地看了我一会儿,末了摇摇头道:"平阳王是大宋的主帅,不只你要救,我也义不容辞。拖延这半日,我原本打算使一个'欲擒故纵'的小把戏,迫你答应我一个条件,再许你所求。但,你自己带了亲卫军,恐怕看不上我手下的将士,无论我答不答应帮你,你都势在必行,如此看来,这个'欲擒故纵'的小把戏,注定使不成。"

我闻言,立刻来了精神,迫不及待地凑到他近前道:"什么条件?你说来听听,我虽然有亲卫军一万人,但做这么危险的事,在人数上,还是多多益善的好。"

翊王眸中分明像是藏了一只钓到鱼儿的猫,但他偏偏脸上一本正经,让人瞧不出端倪。

只听他缓了缓道:"也不是什么大事,只不过战场凶险,我许你这回亲自带兵解救平阳王,但也只此一次,若平阳王平安归来,你就从此退守后方,再不越雷池一步。"

好嘛,原来是在这里等着我。

我这人一向不爱在小事上计较,眼下孰轻孰重,自不必多说,权且答应了翊王的条件,以后的事,以后再借机反悔就是了。

打定了主意,我笑得分外和善:"原来如此,好说好说,我答应你就是。"

翊王没有料到我答应得这么爽快,怔了片刻,末了转头不再看我,对着正当中的地势图沉默良久。

"此前我派人查探了附近地形和魏军大致分布,至于如何'奇袭',不妨先说说你的打算。"

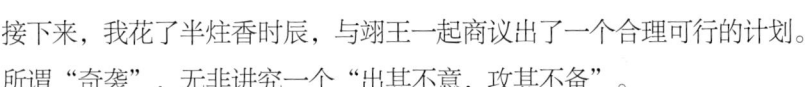

接下来,我花了半炷香时辰,与翊王一起商议出了一个合理可行的计划。

所谓"奇袭",无非讲究一个"出其不意,攻其不备"。

这里头门道虽多,自古至今,最好使的一招,无外乎是一个"声东击西"。

正所谓"万变不离其宗",别看小小一个"声东击西",倘若进退得宜,效力也可以十分惊人。

计划第一步,找来鹤林城的灯笼师傅,连夜糊了千八百盏孔明灯,又找来旁的手艺师傅,同时糊了千八百只硕大的纸风筝。

入夜时星月皆暗,是个月黑风高的好天气。

到酉时末,天色已经完全擦黑,千八百盏孔明灯,于夜幕之中缓缓升空,灯影摇红,光华流转。

至于放灯之意,一是自古以来,孔明灯便有祈福美意,遥寄孔明灯,便是给平阳王一个慰藉,只盼他远在豹澥岭,也能清楚地看到,大宋并没有放弃施救;二是,比平阳王更近一步的魏军,也能得到信息,我宋军上下,今夜未眠,势必有所行动,以故作"打草惊蛇"之用。

有风助势,孔明灯直上九霄云天。

与此同时,千八百只风筝,也于东南西北四个方位,同时升空。每只风筝底下,用细线悬着数个以稻草和破布扎成的轻便草人,草人由风筝带着,快速穿梭林间,营造出伏兵数万的假象,以牵制敌军。

料想魏军先是被孔明灯吸引了注意力,又在远山林间乍然看见"人"影憧憧,定然全线戒备,以防我军趁势出击,而这林间"人"影越多,魏军抽调在豹澥岭的兵力急于返回增援,留在豹澥岭的兵力就会越少,越有利于我带人施救。

其中势力此消彼长,往来谋算的,皆是人心。

为了让这伏兵数万的"诱敌之计"显得更加逼真,翊王还派了少量人马故

意出城挑衅，专门为了引魏军前来追击。

不过魏军主帅谨慎多思，对方的人马从不恋战，向来只追击数里，就偃旗息鼓，一副不欲与我军多做纠缠的模样。

而这个时候，我已经带着两万精锐将士悄悄出城，沿着小道潜入狮虎山，与守候在豹澥岭的魏军，正面相迎。

五

箭雨、硝烟、寒光、冷刃，混合着惨叫呼号声，形成一幅暗夜之中的修罗画卷。

撕碎的战旗在劲风中猎猎作响，此战别无技巧可言，唯有以手为刃，以命相搏。

若说寻常行军时，尚可以敌进我退、旁敲侧击，那么如今既然想救人，像这样面对面的硬拼，就不可避免。

此行的两万精锐士兵裹挟着锐不可当的气势，当先冲垮对方密不透风的包围圈，然后将敌兵阵形分裂化解，以期速战速决。因为一旦魏军反应过来，派兵回援，则我军前功尽弃，再想解救平阳王，就是难上加难。

许是山中一贯静谧，骤然而起的杀伐之音格外震耳。

我原本为了掩饰腰间软剑，特意挑了一柄旁的长枪，用以制敌。

但人在马上，使长枪难以挥洒自如，往往一枪递出还未来得及反手回挡，敌军的剑戟已经合力围攻过来。

我在千军万马之中打得极为吃力，长枪不如短剑灵活轻巧，我又担心暗夜之中误伤自己人，招式之间难免迟疑，为此还险些中了敌军一剑。

最关键处，是我身侧的商曜，眼角余光瞥见斜刺向我的乱剑，利落出剑挑开，而后我长枪一扫，将那持剑的人扫落在地。

商曜赞许地看我一眼，却也无暇多言，又出剑击退了近处几人。

我对商曜的身手自然是有信心的，于是不再管他，纵马往小九那处去。

恰逢远处，有人弯弓放出一支暗箭，箭尖直指我后背空门处，寒光一闪，箭羽微颤，小九察觉到箭矢破空声，转身便要挡在我背后，如此紧要关头，我索性扔了长枪，抽出软剑，手腕一转，拦住箭势，就地扯着小九一滚，躲过周遭乱剑，跌落在秋末的杂草丛中。

身子堪堪落定，就听见周遭同时响起数道吸气声，片刻间已有五六声"殿下""监军大人"急急唤出。

要知道，越是危急之时，军心越是不可涣散。

我为了稳住军心，咬牙从杂草堆里爬起来，朝周遭几人摇摇手道："不妨事，不妨事，大家继续，不用管我。"

话音落地，周遭几人明显松了口气，放下心来。

只听杂草堆里的小九哀号一声："妈呀，怎么有蛇？"

我扶额，一剑将蛇切成两段，小九的哀号就又变了："妈呀，你怎么被蛇咬了？"

此时此刻，我真的很想点上小九的哑穴。

他这毫不顾忌的一嗓子，让我先前好不容易聚拢起来的军心，眼看就要再度涣散。

只是不等我有所动作，旁侧一人已经弯腰握住我的小腿，二话不说，捏住我被蛇咬的那处伤口，俯身，用力地替我吸了一口血出来。

此情此景，我整个人都僵住了，毕竟不知此蛇有毒无毒，上来就吸血，实在让人招架不住。

等我定睛再看，那人已经吸出数口血来，竟是先前与我仅有一面之缘的千夫长楚禾。

只可惜眼下战况激烈，我来不及与楚禾叙旧，他也极有眼色地朝我一点头，而后转身重新跃入战局之中，不见了踪迹。

身后小九从杂草堆中爬起来，抖了抖手说："失误失误，你也知道我生平天不怕地不怕，就怕手指粗的臭长虫，更何况方才那条得有手腕粗！不过方才那个二话不说就冲出来的小子，委实挺仗义的嘛，连我都不敢说，关键时刻能不能帮你吸毒血……唉，你别这么看着我嘛，我替你检查过了，那条蛇无毒，吸不吸没差别的。"

话虽如此，小九还是熟稔地撕了自己的衣角，一边嘴上絮絮不停，一边手上熟练地替我包扎。

恰好是这最后一句话音落下时，我眼疾手快，一把推开他，帮他躲过斜刺过来的长刀，而后恨铁不成钢地说："你这一开口就滔滔不绝的毛病，什么时候能改改？口舌之快重要，还是命重要？"

小九抬脚踹倒了身边一个跃跃欲试的魏兵，然后拍拍手说："这不是看见有人舍命救你，激动的吗？"

我就差朝他翻个白眼，索性转身不再看他，等一炷香后，解决了山下的魏兵，战局逐渐明晰，喊打喊杀的动静也越来越小。

直至此处重新归于静谧，山上却还是毫无动静，想来这些时日的围困，魏兵定然想了不少"引蛇出洞"的法子，诸如"扮作宋军前来施救"此类，所以平阳王不肯轻易上当，顶多是派了人藏在山中暗处，观察山下的情形。

而这月黑风高夜，山上树影横斜，暗影模糊成一片，连围困多日的魏兵都毫无办法，看来我这寻找平阳王之路，委实是道阻且长。

第二章 打草惊蛇

六

　　众人此时面面相觑,不用想也知道,山上定然陷阱重重,所以夜半搜山,是行不通了。

　　我提议道:"军中可有擅曲乐之人,寻几个来,唱几首咱们宋人的曲子,引那暗中窥伺的人自己出来。"

　　商曜立时替我找好了人,几首思乡曲过后,山中果然有"窸窣"声传来,不多时,一个浑身泥污的人跌掉下来,滚落到我面前,打量我一眼道:"小人是平阳王麾下先头兵,贱名不值一提,敢问阁下是?"

　　料想平阳王被困时,我还是建康宫的太子妃,如今我若报上名来,只怕一时之间也很难取信于人,于是我斟酌着隐去了自己的姓名道:"皇上知晓平阳王被困,特派了十万大军驰援,我是此行的监军,夤夜而来,只为解平阳王之围。"

　　那名先头兵似是心中存疑,不肯轻信,踌躇道:"事关重大,小人不敢拿主意,不知监军大人可否派人与小人一道上山,将其中缘由说与平阳王听?"

　　事急从权,我点头道:"自是可以,派人就不必了,我亲自去,请快些前头带路。"

　　那名先头兵一怔,我身侧的商曜也难得不那么端方自持了一回,急忙说道:"不可。"

　　我知道商曜要说什么,无非是不可孤身犯险一类的,但时间紧迫,由不得多说,我索性说:"商大人与我一道同行就是了,其余人原地待命。"说罢,我头也不回地跟着那名先头兵往山中去了。

　　商曜无法,紧随我一道上山。

　　山路崎岖难行,夜晚林间有兽,兽鸣阵阵,听得人不免有些毛骨悚然。

　　商曜笔直端方地执剑,护卫在我身侧,倒是令我平添一分心安。

　　趁着翻山越岭之际,我打趣道:"商大人一贯最守规矩,从来都是多一字不言,怎么这回比钟吾大人还着急?那一句'不可',的确是发自肺腑,虽然

你不屑于客套虚礼,但我仍要谢谢你。"

商曜面上岿然不动,只是眸色略微慌乱了一瞬,也不知是不是因为暗夜孤星,我目力有所不及,所以看错了。

但以商曜的克己守礼,我若道谢,他就肯定要"辞而不受"一番,所以我赶紧抢在他前头,转移话题,问那带路的先头兵道:"这位兄弟,不知前头还有多久才到?咱们突围而来,片刻都不能耽搁,你大可加快脚程,我跟得上。"

那名先头兵点点头,脚下马上快了许多,我和商曜急忙跟上,三人疾行,一时沉默下来。

平阳王与幸存的兵士,暂时藏匿于山间一处背风的山洞中。

暗夜无烛,洞口有人把守,但里头黑黢黢一片,连人影都看不清楚。

那名先头兵上前通报,立时有人走上前来,领我和商曜入内。

我稳了稳心神,做好"两眼一抹黑"的心理准备,干脆闭上眼睛,将耳力提到最佳,然后坦然迈步入内。

洞中有数十人的喘息声,我尽管眼睛看不见,也能感受到这数十人压抑着的肃杀之气。

我走到当中站定,从怀里掏出一样物事,交给领路的兵士道:"此间杀气太重,想必平阳王并不在洞中,我不知该如何取信于你,只好托付你将此物转交给平阳王,待他看到此物,自有计较。"

想来,若人人都能凭着三言两语,轻易就见到平阳王,那魏军也不至于在山下围困多日,至今无计可施。

领路的兵士接过我手里的物事,恭敬道:"请大人在此处稍候。"

我下意识地点头,又一想,洞中黑暗,点头他也看不见,只得出声:"好。"

周遭的杀气缓和了些,趁这等待的当口,我又出声问了一句:"商大人可在?"

　　商曜沉稳地应了一声："属下在。"

　　我便舒了口气："那便好。"

　　商曜没有多问，其实我方才交给领路兵士的那样物事，是先前郡主姐姐进宫时，她母亲从陪嫁的妆奁里亲手挑的一支赤金点翠飞鸾钗，后来郡主姐姐与我交换信物，义结金兰，这支她极为宝贝的钗就赠予了我。

　　出征前，我将这支钗贴身带着，以便时刻警醒自己，此行最要紧的目的，是将郡主姐姐的父亲平安带回去。

　　没承想关键时刻，这支钗竟起了大作用。

　　片刻后，平阳王见了信物，终于肯与我相见。

　　许是平阳王受了极重的伤，他手下砍断山中野竹做了一张简易的竹床，此刻平阳王双目紧闭，微微蜷缩着躺在竹床上，腿上被撕碎的衣衫简单包扎的伤口，已经流脓溃烂。

　　我见此情形，当先伸手，探了探平阳王的额头，果不其然，他正发着高烧。

　　平阳王勉力睁开眼："魏军围困数日，伤亡者众，如今……仅余不到百人，请大人……务必……"

　　我托住他的手，郑重道："请王爷放心。"

　　他终于支撑不住，缓缓合上眼皮，我见势，先从袖中掏出一瓶药丸，取出三粒送入他口中，等做完这些，立时站起身，嘱托平阳王的亲信好生照看他，然后召集这不足一百人，火速下山，与大部队会合。

　　山下众人等候已久，此战开始前，我曾派人截住魏军往来通信的驿道，以确保此间事不会传至前线魏军那处。

　　所以拖延这小半个时辰，局面并没有大乱。

　　原地等候的钟吾等人，立刻牵来马匹，将平阳王麾下众人安顿妥当。只是此行没有配备马车，平阳王伤重，实在不宜骑马。

　　见我犯难，商曜毛遂自荐道："属下骑术尚可，愿将王爷平安带回。"

　　我总觉得商曜与从前不大相同，可一时之间又说不出究竟哪里不同。

　　商曜轻咳一声："殿下？"

我回过神来:"既然如此,有劳商大人。"

大部队趁夜启程,依稀临行前,商曜的视线有意无意地落在我腰间的佩剑上,只不过我回身望他时,他面上又恢复一贯的端方自持。

也许小九说的不错,商曜的佩剑"琼章"与我的"十丈软红",果真有什么不同寻常的故事。

第三章

出尔反尔

一

鹤林城中,翊王早早地派人相迎。

魏军压境,两相对峙之时,翊王作为一军主帅,不可擅离,所以来的人,是他的亲卫傅谦。

傅谦办事妥帖,晓得早早备好马车。

商曜下马,将平阳王安顿在马车上,随行而来的军医,立刻上前为平阳王诊治,一切有条不紊。

直至此刻,天色将明,我一路紧绷的心神才稍稍缓和了些,抬手抹了把脸,脸上汗水混着血水,脏污一片。

傅谦于是道:"我家殿下为监军大人准备好了下榻的行馆,余下的安顿事宜,请交给属下来办,监军大人与陆姑娘,可安心去行馆休息。"

我许是先前心神绷得太紧,一时半刻脑子打结,没反应过来,甚至还问了一句:"陆姑娘是?"

没等我问完,身后小九扭着腰瞪我一眼,转而面容和煦地跟傅谦道谢:"有劳傅大人记挂,我先前晕的那片刻,是老毛病犯了,不打紧,如今已经全好了。"

我这才想起,先前傅谦拦着我不许上前线,多亏了小九替我把人拖住,才给了我可乘之机。后来以小九的聪明才智,自然过不多时也"脱困"前来寻我,当时我只顾着筹谋"奇袭"解救平阳王之事,倒是没甚注意。

原来傅谦口中的"陆姑娘",说的正是小九。

只听小九娇笑一声:"今夜更深露重,傅大人守了一夜,切记回去让军医熬一碗姜汤暖身,若你病了,我会心疼的。"

约莫是这彻夜的疲惫一起袭来,我扶额:"嗯,余下的事宜交给傅大人,我自然放心,陆姑娘,来,扶我一把,我不知怎的,突然有些犯恶心。"

小九暗地里朝我翻个白眼,不情不愿地过来搀起我,我生怕他再说出什么"骇人"之言,赶忙与傅谦道别,拖着小九回了暂住的行馆。

第三章

出尔反尔

此战能够顺利地救回平阳王，总算不负郡主姐姐所托。

我立刻借来了行馆的纸笔，写了两封报平安的信，一封绑在鸽子腿上，一封派了专人，连夜骑快马送回建康城，这两手准备万无一失，也好尽快让郡主姐姐安心。

等一切安排妥当，我好不容易沉下心来一番梳洗，抬头才发现，窗外天色已明。

鹤林城经过翊王一日的清理，已恢复秩序。

街巷两旁散乱的铺面招牌，已经收拾妥当，间或有商贩摆好了货物开始叫卖。

大抵是翊王的到来，给鹤林城的百姓平添了信心，所以人们脸上愁苦的神情冲淡了不少。

我虽一夜未眠，身子倒还撑得住，小九懒得理会我，自己去睡了，于是我独自出了行馆，往平阳王暂住的医馆行去。

平阳王腿上的伤，已被军医处置过，敷了伤药，包了干净的棉布，而且昨夜一碗退烧药过后，他的高烧也退了，此时正睡得沉稳，额上微微出汗，正被随侍的亲信拿浸了热水的布仔细擦拭着。

那名亲信见到我来，恭敬地行了礼。

我示意他不要出声惊扰了平阳王，然后轻手轻脚地走到平阳王榻前，瞧着他困守豹瀣岭数日，身形已见枯瘦之相，虽在病中，也着实应该在膳食上酌情进补，便提笔写了几份药膳的方子，交给平阳王的亲信，嘱咐他："照着这食谱做好以后，拿小火温煮，待平阳王醒来，盯着他全数吃完才行。"

那名亲信领命退下，我便守着平阳王坐了小半个时辰，待药膳温煮好了，亲自查看无误，才放心离开。

沿路商铺酒楼纷纷开张，虽不热闹，倒是越发秩序井然。

一路行至鹤林城关卡处，再往前走便是军营重地，闲杂人等不得靠近。

　　守关的兵士隔着老远,就挥着长刀拦住我,喝道:"何人胆敢到此?"

　　我撩开额前的几缕头发,指着自己的脸问:"你不认得我?"

　　那兵士格外认真地看了我一眼,手里的长刀就差戳到我脸上:"哪里来的黄毛丫头?快走快走。"

　　呜呼哀哉。

　　都怪翊王太会谋算,知道我不安分,所以替我备在行馆的衣裳全是女装,而且是把人衬托得格外弱质纤纤的女装。就好比眼下这身广袖翩翩的粉色衣裙,衣袖宽得能跑马,专为让人行动不便来的。

　　我穿成这样,守城的兵士当然不肯放行,而我身上又没带足以自证的信物,虽然我随身携带保命令牌的习惯从来没改,但小九的行云令派不上用场,某人那块团成团儿的芍药花腰牌,我又实在不想用。

　　当初离宫之际,许是在殿顶吹了一夜冷风,脑子不大灵光,只记得把银杏叶发簪和麒麟玉佩一道当作飞镖射了蛾子,倒忘了把这块芍药花腰牌一起还了。

　　此情此景,除了用蛮力,没有别的路可走。

　　我索性深吸一口气,大刺刺地喝了一声:"叫你们管事的来,看看他认不认得我!"

　　这句话在气势上一定不能输,喝完还得把白眼翻到天上,越是高高在上、神气十足,越能达到震慑人心蛊惑"敌人"之功效。

　　那名兵士见我如此说,迟疑了片刻,终是说:"你等着。"

　　我一听有戏,只盼这次来的"管事的"是个熟人才好。

　　大概是我心中祈愿太虔诚,来的人清眸潋滟,竟是楚禾。

　　我隔着老远朝他打招呼:"楚禾,是我是我,快让他们放行。"

　　楚禾眼里的惊诧一闪而过:"监军大人,你怎么做如此装扮?"

　　我摆摆手:"不提了不提了,倒是昨夜迎敌之时,多亏了你替我吸出毒血,救命之恩还未言谢。"

　　楚禾赶忙撤了一步:"大人言重,楚禾身为士卒,自当尽力保全主帅,不敢当大人的'谢'字。"

我生怕再说下去，他又要"辞而不受"一番，只得换个话题问道："上回你身上的旧疾，可让军医诊治过了，现在如何？"

他回道："多谢大人记挂，无碍了。"

我点点头，脚步未停，随着楚禾一道，往翊王营帐那处去。

第三章 出尔反尔

二

营帐前通报过后,我得以掀帘而入。

翊王正在聚精会神地拭剑,手中那方白绢帕,因为沾了剑上的血迹,已经染成暗暗的湿红。他好像早知道我会来,头也没抬,拾起桌案上一物,丢给我说:"来得正好,八百里加急,指名给你的。"

我"咦"了一声,接过来看,入手的是一只信封,上头的字迹却并不眼熟,只写着"禀监军大人",我以为是什么军情奏报,利落地拆开信封,没承想里头还有一个小信封。

小信封上的字迹,我是再熟悉不过,瘦长如竹,笔画带钩,涓涓墨迹勾出这么一行小字:"吾妹一枝亲启,兄千树。"

翊王许是察觉到我动作迟缓,终于抬起头瞧我,眼中似有询问。

我顺手把小信封揣进怀里,打个哈哈说:"不过是封家书,想来没什么要紧的,我此来还有大事跟你说。"

他面上清冷严肃:"我好像记得,你曾答应过我,亲自带兵解救平阳王以后,就退守后方,再不越雷池一步。"

我咳了一声:"是有这么回事,可今日事出有因,也不算无故违约……吧……"

他拿手指叩着桌案上的山河走势图,身上冰凌子的寒气扑面而来,我下意识地缩了缩脖子,听他道:"如今既在军中,便不论因由,军令如山,一令既定,岂容更改?"

话虽如此,但他并没有叫人把我叉出去,可见是打算放水的。

我赶紧就坡下驴:"听说今夜你要夺关,是场硬仗,我本来想看看有没有哪里能帮得上忙,但既然你不许,我就乖乖退守后方,但必须把东宫左右卫派给你调度,此事不许推辞。"

他想了想道:"你身边不能无人,我额外派两千人守着你,你也不许推辞。"

没想到话音才落下,营帐外突然有人疾跑过来,哽咽地道:"报——薛副帅……薛副帅醒了……可他……"

翊王霍然起身,掀开帐帘大跨步往外走,我随着他行到数步开外的军医那处,只见十几人围拢在一张简易的床边,床上是此前守城的副帅薛君眉,面色惨白,眼神已经涣散,嘴唇嚅动,似是有话要说。

军医束手无策地摇了摇头,翊王俯身:"薛副帅有何未竟心愿,本王一定为你办到。"

薛副帅艰难地抬手握住翊王的手:"殿下,臣已别无所求,唯愿死后,化为鹤林城一抔黄土,永守……鹤林安宁……"

围着他的十几人,皆是跟着他出生入死的过命兄弟,听闻此言,面上全是悲恸之色。

翊王沉声道:"好。"

薛副帅释然一笑,握着翊王的手终于支撑不住,颓然垂下。

我心中钝痛,默然退出军医的营帐,独自立在无人处,抬眼望着天际流云变幻,眼眶酸涩得厉害,却不能为薛副帅放肆地哭一哭。

翊王不知何时站在我身后,良久,抬手摸了摸我的额头说:"于薛副帅而言,鹤林之危已解,平阳王已安然归来,他此前凭着一腔意气强撑数日,终能卸下重担,未尝是件坏事。"

我知道他不擅长安慰人,能说出这样几句话,已经不易。

从来将军百战死,战场之上马革裹尸是幸事,血刃刀光面前,容不得温情。

但明知如此,到底意难平。

翊王与我并肩而立,沉默了一会儿,说:"随我去个地方吧。"

营帐后方不远处,有处草木繁茂之地,两个小土包藏匿于灌木丛中,若非此刻凑近,倒着实难以察觉。

　　翊王半跪在两个小土包前,掏出先前拭剑的那块绢帕,将染血的帕子仔细叠好,然后以剑掘开一个小土坑,把帕子小心放在土坑里,再把这处土坑培成了像先前那样的第三个小土包。

　　我原本不知他在做什么,等他培好了第三个小土包,我才恍然:"莫非……这是你为阵亡的将士们,立的三处衣冠冢?"

　　古来,因故寻不回尸骨,或尸骨不能回故里之人,便寻其往日衣冠旧物,为其立一个衣冠冢。

　　翊王抬手,郑重在土包前撒下几缕尘沙,点头说:"战场杀戮不可避免,我的剑上,沾过不知多少人的血,不论是敌将还是同袍,既是相逢一场,便为他们尽份心力,毕竟,世上又有几个人愿意上战场?"

　　是啊,若非家国大义在前,黎民百姓在后,又有几个人愿意上战场?

　　如此祭奠过后,翊王起身,收剑入鞘。

　　我转头望着他:"你也经历过无数场生死,我伤怀时,有你劝慰,但你伤怀时,可曾有人……"

　　他举目望着远处那片天幕,飞云两朵,旷野孤独。

　　我便嚷了声,踮起脚,也像他方才劝慰我那样,用指腹摸了摸他的额头:"逝者已矣,我们终究要带着他们未了的心愿,替他们好好活下去,不是吗?"

　　翊王眼中的恸色,到此刻已消散无踪,他转而望着我说:"家国百姓,重任在肩,从来都是连放任自己伤怀的时间都找不出,今夜之战凶险,我必须打起十二分精神应对,你在后方,切记不要轻举妄动,万事等我归来。"

　　我应道:"好。"

　　战场之上,容不得片刻的哀伤,唯有化悲愤为力量,为薛副帅,也为鹤林城死去的无数同袍兄弟,痛快地战一场。

　　此刻鹤林城中陈兵数万,蓄势待发。

　　我本以为大战之前,是鼓声滔天、万人呼号的震耳之音。

但真正的战场上，两军对峙之时，竟是屏息以待，静得能听到每个人胸腔之中如擂鼓一般的剧烈心跳。

杀伐之音未起，杀伐之意已蔓延开来。

所有人屏气凝神，只待主帅一声令下。

将士们眼中锋芒之盛，令兵刃之光黯然失色。

无边的压迫感扑面而来。

营帐中火盆烧得极旺，噼啪声不绝于耳，远处浓烟滚滚，仿似黑云压城。

不过我既答应了翊王退守后方，便不做逗留，与翊王点给我的两千兵士一起打道回府。

三

本以为这两千人里没有旧识,谁知好巧不巧,楚禾竟在其中,仍是担任千夫长,且这两千人,一同听他调派。

早前我曾写了手书,叫人快马加鞭送到商曜手中,手书上命他即刻安排左右亲卫,赶往前线,听从翊王统一调遣。

这会儿回来,我本以为商曜已经带着人马奔赴前线,谁知别馆门前直挺挺站着一个乌檀色人影,人影执剑而立,顾长身形被午后秋阳拉出长长的一道影儿。

我诧异道:"商大人怎的还在别馆,莫非是在……等人?"

商曜抱拳一礼道:"殿下安排之事属下已经办妥,钟吾领军奔赴前线,属下留守此处,等候殿下归来,守卫殿下安全。"

我蹙眉想了想:"我怎么记得,手书上说的是,命你和钟大人一同带兵奔赴前线,而非是让你留守在此,守卫我的安全。商大人可还记得行军路上,我曾说过的话?"

见商曜不语,我一字一字复述给他听,我说:"就在那处野湖边上,我当着钟大人的面说过,他日战场之上,倘使我发号施令之时,两位大人有了与我相悖的主意,仍要遵循我的号令,毕竟……"

我顿了顿,拿着"鸡毛"当令箭,板着脸说:"你我如今身在军中,便该明白,'军令如山'这个道理。"

但见商曜不慌不忙,掏出我那封手书,指着上头的字说:"殿下写得匆忙,有几处墨渍太浓,将字迹遮住了,属下仔细辨认过,殿下写的是'商大人见字如晤,前线战局紧张,需尽快调派东宫之左右亲卫万余人,奔赴前线,听从翊王号令',并未提及,令属下随行之事。"

真是万万想不到啊,他不仅有理有据,还顺带着当众揭我的短,暴露了我这草书拿不出手的事实。

挫败，委实挫败。

我干咳了一声，转头吩咐楚禾把两千兵士安顿好，待支开这些闲杂人等，我咂咂嘴，凑到商曜面前说："商大人执意尽忠职守，也不是没有商量的余地，只要商大人肯答应我两件事，我便不再为难你，同意让你留下。"

商曜奇道："不知殿下所指何事？"

其实这两件事，自我与他同行以来，早就在我心里徘徊了数次，只是商曜向来铁板一块，无从下手，最后也便不了了之。

今天是个难得的撬开"铁板"的好时机，我当然不能放过，也许是我笑得太过"阴险狡诈"，依稀看到商曜禁不住瑟缩了一下。

我说："也不是什么难事，一则，你从今往后，私下里在我面前，不许再将什么'殿下''属下'挂在嘴边，我最不耐烦听这些生疏客套之词，况且你我先前在豹潲岭上，也算共过一回生死，理应放下这些繁文缛节，便平辈论交，如何？"

商曜正要开口，我打断他道："哦，对了，这一条你要是不答应，接下来也就没有什么商量的必要了，马厩在那儿，你挑一匹趁手的马，尽快去找翊王报到吧。"

商曜僵在原地，明显挣扎了一会儿。

我遥望远方，有只被老槐树绊了腿，正扑棱着翅膀的鸟儿。

只见那鸟儿坠落枝头，拍翅蹬腿，调整了好半天姿势，才重新一飞冲天。这好大一会儿工夫过后，商曜好歹轻声问了一句："殿下不许……我……称呼你'殿下'，那我今后，如何称呼你为好？"

哎哟，夙愿得偿？

我喜不自胜："商大哥怎么称呼都好，花团，团儿，小团子？你挑一个。"

他张了张嘴，估摸还是喊不出口，我见好就收，也不难为他，继续说："这样吧，第一件事勉强算你过关，这第二件事，我实在好奇，商大哥好像认

得我随身的这柄佩剑,却又讳莫如深,不肯多说,不知商大哥与这柄剑,究竟有何渊源?我心中这个疑团存了数日,实在是不解不快。"

商曜垂目,右手下意识地抚上他的佩剑琼章。

我试探性地问:"莫非有什么难言之隐?若是不足为外人道,我便不再问了。"

商曜沉默片刻,终于开口:"打造我手中这把剑的铸剑师,名叫曲向阑,曾于我祖上有过庇护之恩,恩重如山。当时这位铸剑师的妻子,闺名'袅袅',所以铸剑师以妻子之名,打造了一把细长柔软的软剑,赠予她防身,便是如今你身上的佩剑'袅袅'。"

原来"十丈软红"的本名,唤作"袅袅"。

我一时好奇心大起:"后来呢?"

商曜眸色沉沉,似是在回忆:"听祖上长辈说起,那时天下大乱,征伐不休,贼寇当道,灾民遍野,曲向阑醉心于铸剑之道,常常将自己关在山中的铸剑房,数日不眠不休,足不出户。后来有一日,他铸剑正到'淬火'的关键之时,一伙贼匪途经他家中,一番强取豪夺之后,将他的妻子也一同绑走。而他一心铸剑,直到两日后,才察觉家中出事,追上那伙贼匪,得知其妻贞烈,执随身软剑杀出重围,却最终力尽,跃下悬崖,不知所终。"

我听得怅然,又追问道:"怎么会不知所终?换作我是曲向阑,便是从此踏遍天涯,也要将妻子寻回来。"

商曜摇摇头:"他自然是寻了,可惜遍寻不得。那日他不管不顾跃下悬崖,追寻妻子而去,可惜崖底空有折断的枝丫和血迹,却不见其妻踪迹,他找人询问,只听说确实有人曾救回过一个伤重的女子,那名女子撞伤了头,记不得自己是谁,还怀有数月身孕,不知后来孩子究竟能不能保全,但战乱之年,处处都是流民,其妻究竟流落在何地,无人说得清楚。"

我叹一声:"时也运也,想必他痛失所爱,才真正醒悟过来,再名贵的剑,也不过是身外之物,唯有枕边之人才最应珍惜。"

商曜瞧着我哑然失笑："想不到你小小年纪，心境倒跟当年而立之年的曲向阑相差不远。那时他幡然醒悟，从此金盆洗手，天南地北寻了十年，最终守着山间的茅屋，用毕生的时间，等候妻子归来。"

我其实很想听商曜讲一个"其妻最终携子归来"的圆满结局，但也知道，既然"十丈软红"因缘际会落在我手里，那曲向阑和袅袅，也多半错过此生，委实令人唏嘘。

四

原以为琼章和十丈软红的渊源,到这里就算是讲完了,谁知商曜又补了一句后续:"当日曲向阑最后所铸的那把剑,便是我手上的这把琼章,他夫妻二人,因琼章流落两地,毕生不得相见。后来祖上得了琼章之后,感念于曲向阑的恩情,也曾花费人力物力,旷日持久地寻找袅袅的下落。再后来历经数代,琼章传到我手里,只剩一句祖训,不得不遵。"

他说到这里,眸色蓦然变得坚毅又深沉。

分明是日头正当空的晌午,我却觉得脚底心倏忽一凉,直觉这句祖训,我还是不知道为好,但人就是奇怪,明知不可问,却偏想问出个所以然,我踌躇道:"不知这句祖训是?"

商曜望了望我,缓缓地说:"若他日商氏子孙寻到袅袅后人,必当以身家性命,报当年庇护全族之恩。"

"啊?"

我听得一个激灵,忙摆手说:"你别误会啊,我虽然意外得了这柄剑,可一来,我一向管它叫作'十丈软红',从未听过什么'袅袅'的往事,更不是什么袅袅后人;二来,恕我不敬啊,你祖上实在有些死心眼,袅袅的后人何以为凭?只凭一柄剑,未免太过草率,依我看,这祖训,你大可不必放在心上。"

商曜却说:"恰恰相反,我原本并未将这句话放在心上,只不过后来得知执此剑的人是你,突然觉得祖训颇有道理,大约是冥冥之中,自有命数。"

这话一旦说到"冥冥""命数",我就听不大懂了,只好打个哈哈,恭维道:"商大哥祖上高义,商大哥本人更加高义,只不过我一向活得挺称心如意,大约用不到什么'性命相报'。若商大哥看重这柄剑,我便权且充当袅袅后人,跟商大人口头解了那个劳什子祖训,商大哥从此不用背负这些,也不用再拿条条框框拘束着自己,应当能活得更加洒脱肆意些。"

别馆中的老槐树,被风吹拂,卷落一地枯叶,叶片纷扬如雪。

商曜立在纷乱落叶中,一身乌檀衣袍,随之落上斑驳嶙峋的树影。

他坦诚一笑:"就算能抛去祖训,我还身负皇命,一样要守卫你周全,既然殊途同归,你也无须介怀。"

他大约知道,我最怕亏欠人情,所以将皇命搬出来宽慰我。

我自然承他的情:"如此甚好,我尽量安分些,不让自己身涉险地,绝不给商大哥添麻烦。"

如此一番折腾下来,天色已经不早,我回房之前,终于还是顿了一步,拍开小九的房门,把先前藏在怀中整整一日的那封信交给他道:"你替我好生收着。"

小九原本惺忪的睡眼,在看到信封上的"吾妹一枝亲启,兄千树"时,骤然一亮,好像饿了三百年的黄鼠狼,突然看见一只烤熟的烧鸡,他接过信来,见信还好端端封着,奇道:"你不拆开看看?"

我就是因为怕自己忍不住拆开看,这才交给小九保管的,因而赌气道:"不拆。"然后甩手回房,自去睡了。

躺在榻上辗转小半夜,直到夜半子时,别馆外的长街上,忽有马蹄声响起,是传令兵送来了翊王此战的最新战报。

两军此刻已经分踞虎牢关两翼,战火暂熄,但将士伤亡不容乐观,军中草药告急,军医正着手救治伤患,若后续草药供应不及,就先从鹤林紧急筹措调配,尽快送至前线。

犹记得离开建康时,小九便说,近日用于止血的草药蒲黄几乎售罄,有人高价囤药,不知售给何人。

这情形,在鹤林也同样棘手,止血伤药有价无市,药铺里能买到的蒲黄加起来,也不够小半袋之数。

我又派人前往附近山中寻药,但都没有收获。

后来据小九说,距离大宋与北魏交界之处不远,有个"三不管"地带,开

设了地下黑市,往来的搏命徒,常常或窃或夺了各地的珍奇异宝,汇集于此销赃分货,若运气好,能遇上市面上买不到的奇货,只是售价往往比市价高出一截。

如今火烧眉毛之际,什么法子都要试一试,所以这个"三不管"地带,我势必得去见识见识。

第四章 与虎谋皮

一

说到"三不管"地带的黑市,自然就与"龙蛇混杂""环境险恶"这些词脱不开干系。

我要是想去,头一个拦着我的,必定是商曜无疑。

倘若时间允许,我或许还能与他对坐下盘棋,更兼动之以情,晓之以理。

但现在时间紧迫,半点儿不由人,我便省去前头的步骤,直截了当地煮了一盏茶,端给商曜,美其名曰邀他品鉴,其实一早在茶里下了蒙汗药,保管一头牛喝下去,都能立刻昏倒。

商曜不疑有他,接过茶盏浅浅抿了一口。

我盘算着蒙汗药的分量下得够足,这浅浅一口,应当也够用,便开诚布公地说:"商大哥,实不相瞒,我方才在你的茶水里下了蒙汗药,若你同意我去黑市走一趟,我就把解药给你,让你陪着我一道去;若你执意不许,我就只能孤身犯险,回来再向你赔罪。"

商曜喝茶的动作一顿,估摸是蒙汗药的药效上来了,他以手扶额,强撑着精神,瞪着我,却无法开口。

我伸手在他眼前晃了晃:"商大哥,你要是同意我去,就眨眨眼。"

他勉力眨了眨眼,我当即放下心来:"商大哥是君子,一言九鼎,绝不会事后反悔,我这就把解药给你,咱们收拾收拾,今晚出发。"

黑市如其名,白天萧条,黑夜里才门庭若市。

小九寻了黑市的指路人,是个身形娇小的姑娘,姑娘姓白,一身白纱笼罩着身形也遮着脸,神秘得很。

只听白姑娘道:"咱们锦里黑市的规矩你们记住,不分先来后到,唯有价高者得。"

我此行为了掩人耳目,只带了商曜和小九两人,我扮作商曜的丫鬟,小九扮作商曜的仆役,我们一主二仆,跟着白姑娘招摇过市,沿路狭窄的暗巷首尾相连,四通八达,若没有指路人,只怕七拐八绕之后,别说是找到想要的货物

第四章 与虎谋皮

了，只怕连找到回去的路都难。

商曜穿着宽大的长袍，右手一直稳稳地按在佩剑上，我头一回到这样的地方，也跟着神情紧张，唯有小九，一副见惯了大风大浪的纨绔模样，一边走一边逛，等我一个不留神，再去瞧他时，就见他不知从哪儿买了一只金丝楠鸟笼，里头还杵着一只毛色鲜亮的鸟。

小九便拿一根枯枝时不时地逗鸟玩，鸟儿躲着枯枝，在笼子里蹦来跳去，小九提着鸟笼，被鸟儿的憨态逗得不亦乐乎，简直分不清是人逗鸟，还是鸟逗人。

我凑到他跟前，压低声音道："此来是有重任在身，陆少爷能不能稍微收敛些？"

小九一边逗鸟一边回："你瞧瞧前头那位商大人，脊背绷直，右手还暗中压着剑，一副一言不合就要跟人玩命的架势；还有你昂首阔步，目不斜视，不知道的，还以为你们是来黑市缉拿朝廷要犯。有你们两人拖后腿，我要是再不赶快融入黑市的氛围之中，只怕就没有哪家黑户愿意跟我们做生意了。"

这么一说，好像是这个道理。

我和商曜面上太过严肃，的确与黑市的氛围格格不入。偷瞧周遭众人，你来我往，插科打诨，气氛就融洽多了。而且有些黑户的身份不欲人知，面上做了易容改扮，嘴角画出上扬的唇线，不论与人争执什么，都是一副笑模样。有些就更加直接，索性戴了各式吉祥娃娃的面具，娃娃笑容可掬，整个黑市都洋溢着热闹喜庆的氛围。

大约这也是锦里黑市的独到之处，大家在外搏命换来货品，聚集于此处，多半只为求财，久而久之，隔绝了外头的戾气，只剩下一团和气。

白姑娘知道我们此行的目的是求草药，所以脚下生风，径直带我们往草药聚集地走。

不知走了多久，眼前的暗巷忽然开阔许多，巷口挂着晦暗的纸灯笼，烛光在地上投出摇曳的影儿，被风一拂，好像又暗了几分。

　　此处往来的黑户,多半身怀灵芝雪参一类的奇宝,有当街举着托盘兜售的,也有懒洋洋地蜷缩在街角,将药草掷在脚边,等着客人上门询价的。

　　但是这些散户,显然不是我此行的目标,白姑娘又带着我们往更开阔处走,一路行来,不时有黑户朝白姑娘点头致意,走了没一会儿,就看到街巷间多了几家铺面,铺面上挂着黑底招牌,用白字手书"悬壶济世",却不写明是何字号,就像白姑娘一般,神秘得很。

　　此处相比于兵器铺、字画铺等,人便少了许多。

　　我跟在商曜身后,朝其中最大的一间铺面走,还未走近,就听到有人高价唱卖:"上好的鹿茸、鹿角、鹿脑、鹿筋、鹿骨、鹿髓,起价八十两,诸位客官,请出价。"说罢敲了一记响锣,众人随着锣声,高声喊价,最后价高者出价白银二百两,又是一记响锣过后,那人爽快道:"成交。"

　　瞧这架势,没个千八百两银钱傍身,连上前喊一喊的底气都没有。

　　我二话不说扭头问小九:"你带的银子够不够?"

　　小九满不在乎地晃着肩逗鸟:"这天底下的银子若有十成,则陆家独占七成,就算我身上带的银子不够,你把刻了我名字的那块行云令抵在这里,也能当即兑出钱来花。"

　　没想到行云令还有此等妙用,如此一说,我心便定了。

二

只听面前手执铜锣的那人,又响亮地敲了一记道:"上好的墨旱莲、地锦草、蒲黄、拳参,各五十包,起价三千两,诸位客官,请出价。"

这几味草药,皆有"清热解毒,凉血止血,镇惊息风"之功效,若在平时,不算稀罕物,值不了这么多银子,但黑市上一贯奇货可居,能囤积各五十包的数目,也不是易事。

我思忖着,如今救急要紧,三千两便三千两吧,正要咬一咬牙抬手喊一声:"三千零一十两。"奈何"三"字还没出口,就有人越众而出,喊了一声:"四千两。"

我闻声朝那人看去,喊价的是个二十出头的男子,观其衣着打扮,更像是个侍从,再往他身后看,只见一人身着缎带锦袍,头戴金冠,虽瞧不清眉眼,但周身富贵已极。

我忍不住又扭头问小九:"你说天底下的银子若有十成,陆家独占七成,我怎么瞧着另外三成都叫那位仁兄占去了?"

小九这只奓毛狐狸,最见不得别的狐狸把他比下去,当即扯着嗓子喊了一声:"五千两。"

话音落下,那名锦衣仁兄点了点手里的一柄玉扇,他前头站着的侍从就随之喊了一声:"六千两。"

我见势不妙,利落地捂住小九的嘴:"住口。"

他们这些有钱人,实在不大知道民生疾苦,出个价怎么还一千两一千两地出?

我稳了稳心神,终于报了个一直想喊却一直没喊成的正当价钱:"六千零一十两。"

那头锦衣公子又示意:"七千两。"

我心头一梗:"七千零一十两?"

"八千两。"

"……八……八千零一十两?"

"九千两。"

"……"

这下轮到手拿铜锣的那人看不下去了,用锣槌指着我说:"这位姑娘,你若想要,便出高价,如此十两十两地加价,听得人忒着急。"

此言一出,附和者众多,大家纷纷把热切的目光投在我身上,只等我喊出个一万两的高价,拔得本次竞价会的头筹,又依稀,铺面后头的掌柜已经笑得合不拢嘴,瞧我的眼神里,明晃晃写了三个滚金大字——"冤大头"。

试问我与那位锦衣仁兄,既然是为买药而来,何苦鹬蚌相争,便宜了旁人?

这么一想,我便越过众人走到那位锦衣仁兄面前,诚恳地问道:"这位公子似乎志在必得,只是如此大量的草药,寻常人恐怕用不上,不知公子是打算买来做何用?"

我这么问,是想和和气气地与他打个商量,若他不是急用,可否将草药让给我。

怎料他身边的侍从倒是抢先一步挡在我面前,盛气凌人地说:"你是何人,胆敢质问我们公子?"

我摸了摸鼻子,心道此处位于边境"三不管"地带,来往的客商皆是从各国会聚而来的,纵使我拿出大宋太子妃的名头,也不见得好使。

正犹豫要不要把身份据实以告,就见锦衣仁兄将手里玉扇一挥,道了声:"无妨。"

那名侍从便退到他身后,我这才得以窥见他的真容。

但瞧这位锦衣仁兄,乌金色的长发妥帖地束在金冠之中,长眉入鬓,凤眼琼鼻,眼眸深处被晦暗的烛火映出碧色,与传言中金发碧瞳的鲜卑人如出一辙。

他此际硬穿了宋人的衣裳,却学了个四不像。金蟒缎带锦绣袍,看着大富大贵,实则太过招摇,生怕旁人不知道他很有钱一般。与之相比,小九撑场面时,穿的那一身芙蓉银袍,就低调得多,也顺眼得多。

我朝他拱手:"公子远道来此,又与'我家主子'瞧上了同一样东西,实在是有缘,不知公子可否割爱,将草药让给在下,也好让在下回去,跟主子有个交代?"

他将视线落在我身上,笑说:"你们中原人有句话,'君子不夺人所好',听闻锦里黑市的规矩向来是价高者得,你家主子若有意相争,尽管开价便是。"说罢摆摆手,他身后的侍从上前,一副"继续喊价不要停"的模样。

我急道:"且慢且慢,咱们既然看上了同一样东西,便是咱们两方相争,何苦非要在此处逞口舌之快,一掷千金,便宜了那隔岸观火的铺面掌柜呢?"

锦衣仁兄顿住脚:"哦?依你之见,如何相争?"

话到此处,指路人白姑娘好歹站出来,说了一句公道话,她说:"锦里黑市最大的规矩是价高者得,但若出价两方打成平局,还有第二条规矩,便是黑市正当中特设了锦里擂台,两方可自愿上台比试,以胜负论英雄。不过打擂之前,两方需先击鼓,同意签下黑契,比试之中,生死不计。"

说话间商曜和小九也站到了我身侧,我本着不懂便问的原则,虚心求教:"生死不计是何意?"

白姑娘轻笑一声:"生死不计便是,但凡上了锦里擂台的人,死了便死了,任何一方不得事后寻衅报复,否则就是坏了黑市的规矩,招惹众怒,必受重惩。"

我咂咂嘴:"得了,至于重惩是什么,我也不必问了,这擂台该上还是得上。"说罢又朝锦衣仁兄拱拱手:"不知公子意下如何?"

此时一对比才知,我这方仅有三人,锦衣仁兄那方,前前后后不下十人。

敌众我寡,局面十分不利。

锦衣仁兄仗着自己人多势众,没什么好怕的,当即痛快应战。

　　我见势，转头朝商曜露出求助的眼神，用口型小声说："商大哥，这么危险的事，恐怕也只能……"

　　商曜会意，点头道："你放心。"

　　可惜最后一个"心"字还未落下，就被我一指头给点住了。

　　他眸中惶然，我安抚地拍一拍他的肩："商大哥别怪我，这么危险的事，我怎能让你替我？"

　　话音落下，我朝小九一抬下巴，高声道："你留下，照顾好'咱们主子'。"然后再朝白姑娘伸手："姑娘请前头带路吧。"

　　白姑娘瞧着我的眼神里，分明带了三分同情的意味，我也晓得对面那十余人，豺狼猛虎不好对付，但事到临头，也不能打退堂鼓。

三

此番，我将商曜和小九留在原地，一是不希望他们卷入是非，若有万一，还能全身而退；二是我一介弱女子，孤身上台打擂，对方仗着人多势众，难免轻敌，只要让我找出对方的破绽，猝然一击，必定能多添一分胜算。

锦里擂台摆在黑市正当中，四根擎天柱撑起一座高台，只瞧那登台的木阶，少说有三十级，而擂台不仅极高，还极狭窄，两个人站上去，辗转腾挪都是问题，万一一个不慎摔下来，轻则受皮肉之苦，重则有性命之忧。

眼下我与对面十人分列高台两侧，这架势一摆，就引来好些"看热闹不嫌事大"的人。

白姑娘自发做了裁判，率先击掌，周遭的喧哗声便静下来，只听她道："锦里擂台讲求公平，请公子一方尽快派出一人，与这位姑娘比试。"

围观人群窃窃的议论声传入我耳中，有的说："瞧这公子仪表堂堂，不料竟然率众欺负一个小姑娘，这世道当真变了，换成我，还真下不去手。"

也有的说："这小姑娘怎的与这位公子结了梁子？我瞧对面人多势众，这小姑娘恐怕不好善终。"

我不以为意，朝对面的锦衣仁兄一拱手："不知公子是打算派手下侍从应战，还是亲自出马？我瞧着公子的手下都不是等闲之辈，若公子怯战，派侍从应战，只求公子高抬贵手，嘱咐他们一声，此战点到为止，切勿伤了小女子的性命。"

我这般示弱，一是给自己留条后路，二是通常像他那般养尊处优的公子，本人功夫大都不济，但身边带的侍从，却多半是绝世高手，如若能使个激将法，引一引他，让他亲自出马，那我的胜算就又多加一成。

见我如此说，锦衣仁兄轻蔑一笑："姑娘孤身前来尚且不怕，我又怎好怯战？只是我身为男子，与姑娘当街动武，实在有失风度。"

我生怕他改主意，忙说："不打紧不打紧，公子若觉得有失公允，不如再让我三招？"

他好像看透了我心里打的小算盘,但是面上仍然不动声色,道:"也好。"

白姑娘一指两侧的盟约鼓:"那就请两位击鼓订契,比试开始。"

我上前一步执了鼓槌,踮着脚费了好大的力气,才勉强够着比我高出好几头的鼓面,抻着手臂轻飘飘敲了一记。反观锦衣仁兄,潇洒挥袖,隔空一掷,鼓槌落在鼓面上,发出一记震耳欲聋的轰响。

底下围观的众人"啧"了好几声:"这还比什么,胜负已分嘛。"

我压下唇角的一抹笑意,眼见着那位锦衣仁兄撩袍点地,一跃而起,踩着擎天柱,利落地跃上高台,引得周遭喝彩声一片。我却小心翼翼地提起裙角,小碎步踩着三十级木阶,一级一级跌跌跄跄,终于攀上了台子。

锦衣仁兄见我爬木阶爬得气喘吁吁,还颇有风度地问道:"姑娘可否需要休息片刻?我可以等你。"

我摆摆手说:"不必不必,我家主子还等着草药救急,这时辰可耽误不得。不过我看公子只带了一把扇子,不知这扇子算不算是兵器?"

他敲了敲扇柄:"此扇瞧着平平无奇,但内藏玄机,扇面打开,可削铁如泥,自然算是兵器。只是姑娘两手空空,若只比拳脚,我也可以将此扇弃之不用。"

我谦虚笑道:"公子能将此扇的玄机据实相告,我也不好占公子的便宜,其实我也带了兵器,公子便留着扇子,如此才算公平。"

我与他寒暄这两句的工夫,底下众人早已等得不耐烦,高声叫嚣:"你们还比不比?咱们锦里擂台可不是让你们来叙话的,你们不比,别碍了旁人。"

这几声叫嚣许是惹怒了锦衣仁兄带来的侍从,侍从们齐刷刷拔剑,把众怒压了下去。

我于是对着锦衣仁兄道:"公子,请。"

他回以一礼:"姑娘,请。"

第四章 与虎谋皮

　　我一改先前的柔弱模样，眸中骤然一亮，当先攻其执扇的右手，他遵照先前承诺，让我三招，于是后撤躲过这一击，踩着高台檐角，颇惊险地稳在一侧。

　　这高台狭窄异常，不知是不是年久失修的缘故，踩在上头，朽木"咯吱咯吱"响，稍有不慎，便有失足跌落的危险。

　　我心念电转间，佯装收势不及，便向高台另一侧跌去，锦衣仁兄到底是于心不忍，伸手想要拉我，我趁他伸手之际，旋身躲过，又一个旱地拔葱，直取他束发的金冠。

　　这番动作轻灵迅捷，他估摸没料到我意在此处，一时大意叫我得了手。

　　习武之人，被人摘去头冠，那是顶顶不得了的事。

　　这就好比说，若不是我手下留情，今次掉的就不是你的头冠，而是你的脑袋。

四

金冠犹自带着主人的体温，但见他一头乌金长发失了束缚，铺陈开来。原本不觉得，他肤色极白，容貌间隐约有阴柔之气，长发落满肩时，颀长身形，瘦削下巴，若为女子，真真是个绝色美人。

我一个恍神，锦衣仁兄持扇而来，玉扇"唰"的一声抖开，扇面果然如他所说，削尖的玄铁做骨，可吹毛断发的极韧雪蚕丝做面，若拿抖开的扇面在我脖子上轻轻一划，立刻就能血溅三尺，要了我的性命。

我一边脚下生风地闪躲，一边故作讶然道："方才我已取下公子金冠，便该算是我胜，公子怎能言而无信？"

他将扇子使得如同翩然旋转的白蝴蝶，我便一味躲着蝴蝶翅膀，听他道："姑娘使手段诱我在先，不算。"

说话间，玉扇在我周身要害处，游走了数遭，我在狭窄的高台上几个纵跃，好不容易才稳稳落在一根擎天柱上，趁着空当，面不红气不喘地说："公子此言差矣，须知'诱敌'也是一门学问，公子学艺不精，怎能怪我？"

他被我激起一腔怒意，扇面横扫过擎天柱，柱子立时折了一根。

我先他一步跃下柱子，落在高台另一侧，佯装讨饶道："公子手下留情，不过比试一场，何必以命相搏？"

他回道："姑娘先前藏得太深，我若不认真对待，倒叫姑娘见笑。"

如此，一场真刀真枪的较量，才算开始。

既然取巧的法子行不通，我便也不再掩饰，抬手抽出腰间的十丈软红，转守为攻，与他从台子上战到柱子上，又从柱子上战回台子上，两样神兵相撞，发出刺耳鸣声。

底下众人，间或有倒吸冷气声、喧哗喝彩声，热闹非常。反观台上比试的人，我与他皆提着一口劲力，屏息凝神，不过片刻间，已交手数十招。

扇面被十丈软红削出几道划痕，好在我的软剑到底出自名家，未伤分毫。

想不到这位看起来养尊处优的富贵公子，功夫当真不错。

只见锦衣仁兄的碧眸越发澄亮,似乎战意正酣,而我握着十丈软红的右手虎口处,已隐隐作痛。玉扇气势如虹,当头朝我面门袭来,我忘了方才四根擎天柱被他削断了一根,这一个后撤,后背落了空,等我反应过来,人已如风中枯叶,飘摇坠下高台。

此刻只来得及暗叫一声:"糟糕。"

坠下高台事小,输了比试,换不回草药事大。

心里正自懊恼,身侧忽有一阵疾风袭来,斜刺里一道人影凌空跃起,我只觉腰上一紧,旋即有人用手臂托住我,卸去下坠之势,以惯性带我旋了几圈,安稳落于地面。

待站稳后,再看我身侧那人,只见他戴着笑容可掬的吉祥娃娃面具,故意隐去面容,又穿着北魏胡服,将身份瞒得滴水不漏,唯有身上萦绕不去的淡淡苏合香气,使我确信,此为故人。

那头高台上,锦衣仁兄也见好就收,与我一道飞身落下来。

白姑娘迎上前道:"比试胜负已分,公子可自行前往药材铺取草药。"

我听到这话,都顾不上与身侧的故人"叙旧",当先一步拦住锦衣仁兄说:"公子胜之不武,我不服。"

锦衣仁兄饶有兴味地敲了敲拢在手中的玉扇:"如何不服?"

我抬手晃了晃手里的东西:"公子莫要忘了,你的金冠还在我手中。"

这金冠足金足两,成色绝佳,若我私吞了,转手也能卖个好价钱。

但大义面前,小小横财不足挂齿,我将金冠举在他眼前道:"我先取了你的金冠,你又以势迫我坠下高台,粗略算算,我们应当是打了个平手,不如重新来过?"

白姑娘为难道:"这恐怕……"

我打断她道:"恐怕什么?恐怕不合规矩?我与公子皆志在必得,规矩便由人定,谁赢了,自去花九千两买那药材铺的草药就是,除非,公子怯战,不

敢与我再比一场,如若这样,我便将草药拱手让与公子。"

我说这话时,锦衣仁兄的侍从已经围拢在他身后,料想在手下们面前,他就算明知我这是使的一招激将法,也不得不硬着头皮答应。

但未防,在这关键之时,我手中的金冠被身后那位"故人"抬手抢去,只瞧金冠被他拿捏在手中抛了抛,满场视线就被他极随意的动作吸引了过去。他见势一笑,开口道:"这位公子以贵重之身,涉入险地,却只带了这么几个护卫,确实胆识过人。"

若说我先前凭着苏合香,猜测他是个不可能在此的故人,那么听到他开口,就确信了他虽不可能在此,却当真在此,心里不由得动荡,连先前志在必得的上百包止血药草都不想要了,转身就要往人群包围圈外走。

此时锦衣仁兄的侍从忍不住呵斥道:"你又是何人?如何知晓我们公子的身份?"

而我方才转身,手腕就被身后那位故人捉住,他戴着吉祥娃娃面具,认真的模样藏在面具之后,做这样的动作,尤其显得笨拙可笑。

但他握着我手腕的力道极重,依稀用只有我俩能听到的声音,说了句:"团儿,别走。"

我本来一贯挂在脸上的嬉笑神情,不受控制地由晴转阴,眼眶酸涩,差点儿落下泪来。

我下意识地使力,想挣脱他的手,但他握得更紧,而后一面握着我的手腕,一面转身与锦衣仁兄周旋道:"公子是何身份,难道真要我当众道出?"

围拢在锦衣仁兄身后的几名侍从,二话不说,"唰唰"拔剑。

气氛剑拔弩张,倒是锦衣仁兄当先打破僵局,奇道:"你既认得我,不知是敌是友?"

我身后那人道:"不是友,至于是不是敌,还要看公子你肯不肯将这位姑娘想要的东西让给她。我听闻北魏与大宋陈兵数万,对峙于虎牢关前,若北魏主帅突然遇险失踪,不知这场仗,大宋有没有把握就此直捣黄龙?"

闻言，我一惊，北魏此番是由皇帝拓跋嗣御驾亲征，也就是说，北魏主帅便是拓跋嗣，那眼前这位锦衣仁兄，竟然是北魏皇帝？

怪不得他同样对这上百包草药势在必得，两军交战，伤亡者众多，止血伤药关乎战局大计，马虎不得。

这件事太过震惊，我都顾不得扭捏抽手，转身与身侧这人并肩而立，合力对敌。

五

我虚张声势地说:"想不到先前一番交手,竟是我有眼无珠,不识贵人。说来也巧,我此行求草药的目的,跟公子你相同,只不过我们各为其主。我家主子既然奉命来此,就不能空手而回,另外以防事情生变,特意在周遭埋伏了不少人,不知公子若执意不肯相让,可有把握全身而退?"

锦衣仁兄听我如此说,好像在听茶楼说书人讲故事一样,面上神情颇不在意:"哦?依姑娘之意,你家主子倒是不简单。"

言外之意,凭我空口白牙,三言两语,根本不能取信于人。

我不得已,只能掏出怀里唯一一个像样的腰牌,在锦衣仁兄眼前一晃道:"公子出自北魏,不知识不识得我宋人所书的这个'诏'字。"

我这"诏"字落下,就觉手腕上传来的力道一颤,随即我身侧的人恢复如常,哪怕面容皆被一张面具覆住,我也能觉出他脸上笑意深深,而且还是让人恨得牙痒痒的狐狸笑。

我不欲理他,格外正经地将腰牌收回怀里,对锦衣仁兄道:"我们这等无名小卒,实在不能与公子您的身份相提并论,若公子在锦里黑市与人起了冲突,不小心磕碰了哪里,只怕是不好交代。"

此时,锦衣仁兄身后的侍从站出来,在他耳边说了一通什么。

锦衣仁兄便敲敲手里的扇子,无奈笑道:"你这中原小女子,伶牙俐齿得很,那几包草药便留给你家主子,他日相逢,我定记得你,再找机会与你比试一场,叫你输得心服口服。"

我闻言一喜,拱手道:"一言为定。"

锦衣仁兄瞧瞧我,再瞧瞧我身侧戴着面具的人,接过金冠,视线在我俩身上转了一圈,终是转身,带着侍从渐行渐远。

如此一耽搁,商曜身上的穴道已经被他自行冲开,还没等锦衣仁兄走远,我就听身后小九唤了一声:"小团子,我委实拦不住他!"

第四章 与虎谋皮

我摇摇头，正打算直面商曜的"兴师问罪"，不料身侧那人急道："商曜认得我，我不便久留，你想法子支开他，我在黑市前头的听书楼等你。"

这话落下，他便随着熙熙攘攘的人流消失不见，真所谓"来也匆匆，去也匆匆"，连个拒绝的机会都不给我。

我面上一时黯然，商曜已经疾步走到我面前："来的路上听说擂台都被打散了，你可有受伤？"

我重新打起精神，摇摇头说："不曾，说起来你们可能不信，那位锦衣仁兄竟然是北魏的皇帝拓跋嗣，他在我几句威吓之下，已经夹起尾巴逃了，草药是我们的了！"

商曜不疑有他，倒是小九狐疑地问了一句："你如何知道他是拓跋嗣？"

我打个哈哈，转移他的注意力说："这草药虽然归我们了，但是买草药的钱，啧，九千两，啧啧啧。"

小九就顾不上追问我了，捂着身上的钱袋说："你别看我，你一看我，我就觉得心里发慌。"

我安抚他道："莫慌，这九千两算是公费，回头我叫翊王补给你。"

几句笑闹之后，商曜随我前往药材铺兑换草药，路上他说："你一贯喜欢独来独往，大约是怕牵连身边之人涉险，但其实，留下我们眼睁睁地看你孤身犯险，却无能为力，未必是真的为我们着想。"

我头一回听他说这样的话，不由得转头看了看他，商曜眸色深深，亦回望我。我心里一暖，点头说："我记住了，商大哥，以后我走到哪儿，你就跟到哪儿，绝不再孤身犯险，害你担心。"

不过这话说完，我就觉得我恐怕要食言，毕竟先前还有个人，不由分说，就与我约定了黑市前头的听书楼一叙。

想到这儿，我悄悄叹了口气，换上笑意，跟商曜打商量："说起来，我这会儿肚子饿了，想吃前头那家铺子的糖糕，但这上百包草药，急需尽快送至前线，救治伤兵，实在不能耽搁在这一盘热腾腾的糖糕上，不如商大哥替我跑一

趟,将草药护送到翊王那处,本来此事也可以交给小九,但小九,你知道的,交给他,自然不如交给商大哥更让人放心。"

商曜眉心微微皱起,我立刻举起三根手指起誓:"我保证,这是最后一次跟商大哥分头行事,等我买了糖糕,立刻回别馆等你,路上绝不招惹是非,保证平安抵达,更何况我身边还有小九,小九虽然功夫不济,好在有钱,你便放心吧。"

商曜叹口气:"你决定的事,从来劝也无用,好吧,我答应你就是。"

这头支开了商曜,还要想法子再支开小九。

不过小九七窍玲珑,活像是千年老山参成了精,想要找个借口搪塞他,决计不可能。所以我开诚布公地跟他说:"接下来半个时辰,我得去前头听书楼一趟,你不必跟着,我们一会儿在黑市出口会合。"

小九此时还提着先前的金丝楠鸟笼,一边逗鸟,一边随口问:"何人这么要紧,连我都不能跟着?"

我踌躇了又踌躇,终于下定决心开口:"是霁王,他来了。"

小九瞪大了眼:"你说谁?谁来了?"

不等我回答,他又捂着耳朵一蹦老远:"非礼勿听,非礼勿视,非礼勿言,我晓得的,你放心,保管让你在听书楼方圆三里,见不着我的影儿,我走啦,回见。"说完就跑了,跑得比兔子都快。

我晃晃脑袋,脚步颇沉重。

方才在高台之上与人比武,生死悬于一线,都没有现在这样踌躇不安。

原本打定主意,再不与那人有任何瓜葛,甚至连他写来的数封密信,都一道转手交给小九保管,从未拆开过。方才我坠下高台,他出手相救时,依稀手臂先前就受过伤,于半空中接住我那刻,手骨发出轻微脆响,但他一身黑褐色胡服,纵然伤重出血,也让人瞧不出端倪。

后来事发突然,我也没顾得上追问。

如今，我于情于理，都应见他一面，少说，也该当面向他道一声谢。

这么一想，我心里的包袱便轻了许多，打定主意，脚步飞快地朝听书楼行去。

听书楼，是黑市上供人歇脚、喝茶、听书的一处茶楼，自古茶楼多故事，南来北往的人，鱼龙混杂，又都戴着面具乔装，所以约在此处见面，最不引人注目。

来往的诸多纷杂人影中，霁王独自立在檐下的暗影里，身侧烛火摇曳不停，周遭人流往来不息，但他安静地站在那里，好像立成了檐下一株风竹，我只觉眼前原本还人影憧憧，到末了只剩了那一人，那一影。

偏偏他此刻还摘了面具，皎皎面容被黑衣衬得越发晃人眼。

我顿时恨得牙痒，他好歹是堂堂大宋王爷，就这么孤身流落异乡，还不晓得将自己的面容隐去些，万一被有心人认出来，岂不是要惹大麻烦？

情急之下我只得快走两步，挡在他面前，替他遮掉些意味不明的目光，才皱着眉问："你怎么会在这里？"

霁王抬手，从我头上拔下一支木头钗，然后将一物插在我发间，理所当然地说："先前写的信不见你回，便来了。"

我抬手去摸，他插在我发间的正是那支银杏叶发簪，便气不打一处来，反问道："你身负守卫京畿之责，皇上怎会轻易放你上前线？"除非他是瞒着皇上私自出了皇城，这若是被皇上追究，少不得是大罪，往小了说玩忽职守，往大了说，意图谋反都不是没有可能。

谁知他却笑得很开怀："团儿可是在担心我？"

第五章
天之將明

一

试问我这样一只绒毛还未褪去的小鸡崽,如何斗得过一只成了精的九尾狐?

我便不打算跟他道什么谢了,径自要走。

他连身为王爷的姿仪体统都不要了,像个孩子似的在我身后喊了一声:"哎呀,好痛。"

我顿住脚,却没回头。

他追上来,苦兮兮地说:"其实月前,我从吐谷浑借兵回来,才得知你将簪子和玉佩钉在了我朝晖宫门上,早就想着来与你当面解释,但朝中正值多事之秋,父皇盯我盯得紧,只能先派人八百里加急传信。可你音讯全无,我实在放心不下,就故意堕马,伤了自己,好不容易从朝务中脱身,借口养伤不上朝,才能悄悄来这里见你。"

他绕到我身前,故意按着自己的手臂说:"我身上的伤其实挺重,又这么昼夜不歇一路颠簸,药都来不及换,实在疲乏得很,也虚弱得很。"这话说到后来,当真气若游丝,只见他身形摇摇欲坠,似乎我若是不出手扶他一把,他就要当街昏倒给我看。

真是笑话,当我这么多年的兵书白看了,连区区"苦肉计"都瞧不出来?

我就偏不扶他!

他耍赖一样把头靠在我肩上,沉默了一会儿,见我当真半分要扶他的意思都没有,竟然一改先前的嬉笑模样,情绪忽然低落下来,抿着唇,委屈了好一会儿说:"团儿,对不起。"

他从前开心时笑,难过时也笑,我好像从来没有见过他除了唇角带笑以外的模样。

他笑的时候光风霁月,挠得人心像是十里平湖起微澜,我从未想过,他不笑时,眉尖颤动,仿若漫天星辉霎时跌碎在湖影里,只皱一皱眉,就蓦地让人揪心至此。

我很想抬手摸一摸他的额头，但手抬了一半，到底还是克制地握成拳，硬生生垂下来，明知故问道："你做错了何事？为何要向我道歉？"

他依然耍赖地把头放在我肩上，所以说话时淡淡的苏合香气扫在我的颈项间，他说："我错在，明明心里十分惦念一个人，却要自欺欺人，假装对她毫不在意；我错在，明明此刻，更应该留在建康，稳住朝局，守住大宋江山基业，却任性地堕马，不顾亲卫阻拦，执意来了这里。"

从前小九断言说，我素来就有耳根子软的毛病，以霁王那颠倒黑白的本事，不出三五句话，就能将我哄得缴械投降，保不准还要反过来心疼他、安慰他。

我不得不说，小九才是真正的慧眼如炬，眼下霁王还没有真正开始解释，我已经心旌摇曳，就差当街举起白旗，立刻朝他投诚了。

我在心里狠狠唾弃自己。

所以我面上纹丝不动，硬撑着一口气说："说话就说话，装什么可怜？"

他颇认真地说："没有装可怜，受伤是真的，想来见你是真的，不知该如何解释是真的，想说'对不起'也是真的。"

此刻凑得近了，才发觉他额前露出一角青紫色的印记，再仔细看，青紫印记随着发鬓蔓延到头顶，只是被漆黑如墨的长发遮住，叫人轻易瞧不出来。

我本以为他所说的堕马，只是演给旁人看的，严重不到哪里去，谁知他竟然真的实打实堕了马，不光摔折了手臂，还在前额留下好大一片瘀青，若不是他身手了得，恐怕这前额的伤，就能要了他的命。

我心中五味杂陈，故意伸手敲了一记那片青紫印记，他吃痛躲闪，好歹站直了身子。

我便问："既然是做样子，为何还要做得这么真？"

他见我担忧，方才低落的情绪一扫而空，揉着额角说："堕马之后，免不了有御医轮诊，如果不真，怎么能瞒得了父皇？不过我有分寸，伤处看着吓

人,其实没有伤到根骨,所以无碍。"

我瞪着他:"伤成这样也叫'无碍'?在你眼里,什么才是'有碍'?"

他闻声恢复了一贯的狐狸笑,眼角甚至因为开心泛起笑纹,他说:"伤筋骨,伤皮肉,都不如伤'心'来得疼,团儿难过便是'有碍'。日前,我去吐谷浑借兵的路上,已经与星甸公主结为异姓兄妹,吐谷浑国君通达事理,便没有强求两国联姻之事,我如此说,你能明白我吗?"

这话的尾音被暗巷的烛火摇落,他格外认真地望着我,眸中仿佛有星星,熠熠灿灿。

所以说此人当真可恨,三言两语就能直中我的命门。

但我心中一股愤愤不平之气尚未消减,因而淡淡道:"吐谷浑国君若真的这样好说话,星甸公主何至于咄咄逼人?你究竟答应他什么了?"

他轻描淡写地说:"只是额外答应了些丝帛玉器之物,另派了人将养蚕缫丝这类的技法传授于他,比起联姻,这些都是微不足道的小事,我都可以答应。"

见他说得这样大义凛然,我不知为何,起了些捉弄他的心思,故意问:"既然旁的都可以答应,为何联姻不行?"

本以为他会继续说些大义凛然的话搪塞我,谁知我还是低估了他,这只九尾狐狸晃了晃尾巴,抖擞精神地说:"团儿这是明知故问。"

我假装听不明白,他便掩唇咳了一声:"既然先前与你有约,自然不能做背信弃义之人。"

可这个"有约",说得就十分含糊其词了,我因而问:"你说的是'风雨同舟'之约?"

他摇头:"非也。"然后凑近了些,抬手敲了我额头一记,"我说的是'养老虎'之约。"

二

说起"养老虎"之约，就不得不说起从前的一桩事。

彼时秋闱狩猎，我获封太子妃不久，因为一场意外坠落山崖，与霁王一道，过了阵流落山野的苦日子。

后来因为梧桐的公案，霁王不得不暴露行踪，带我重返建康宫。但回程之前，他额外许给我十天自在逍遥的时日，可以待在花萼楼，做些不被宫规所容，但又十分想做的事。

好比说，当时正在团圆节前夕，我心想，宫中庆贺佳节，不过是摆一场大宴，叫轻纱曼妙的舞姬满场转圈圈，无趣得很。所以我给自己置办了一场热闹的花灯烟火大会，将一年之中的元宵节、乞巧节、团圆节，并在一起过。

梧桐应当许久没有那样肆意地玩闹，我还记得他手中点烟火用的火折子，一晃一晃，整个人更是变成了一只活蹦乱跳的野兔子，平地上整齐排列的烟火筒在他手下"吱吱"燃着芯子，天幕上大片烟花绽开，姹紫嫣红开遍，而后散作漫天花雨。

霁王为了配合我那场花灯烟火大会，特意命人准备了热腾腾的元宵、形状各异的巧果和烤得焦黄的团圆月饼，四时节令集中在这一日过完，好像吃了这些元宵、巧果和月饼，便像是我们几人一同过了一个整年一般。

但最勾人食欲的还是那只十分具有草原风味的烤全羊。犹记得他在桂花树下搭了烤架，烤架底下柴火烧得极旺，羊油滴滴答答地落在火苗上，羊肉香味便扑鼻而来。

后来许是熟络了些，陆九迁吃东西时又恢复了他一贯在青吾山的架势，十指齐动，大开大合。梧桐自然也跟着放松了许多，揪着一只烤羊腿直接开啃。

我本来也想像梧桐那样大快朵颐，但是顾虑到我为人师表的身份，就矜持了些，正想伸手取一块稍小些的肉来啃时，霁王示意我等一等，然后用那把削铁如泥的匕首将前腿上最好吃的那块地方一小片一小片地削下来，盛在盘子里递给我。

我原想说不用这么麻烦,我牙口十分好,生啃都不在话下,但看着他神情专注地为我片羊腿,就二话不说乖觉地"坐享其成"了。

陆九迁的眼光瞟在那一盘焦黄酥脆的羊肉片上,颇不赞成地说:"你这样惯着她,就好比切熟肉饲虎,天长日久,虎儿的爪牙不用撕咬生肉,必定不如从前锋利,再有甚者,将猛虎养成了猫儿性情,有朝一日再将它放归山林,叫它如何自处?"

霁王笑说:"我如若养虎,便是想长长久久地养着它,即便有沦落山野的一日,我也有办法不叫它挨饿受困,所以在我眼里,虎儿的爪牙锋不锋利都无妨,有朝一日,它是想咆哮江山还是想团成一团躲懒,也都无妨。"

梧桐适时地插嘴问道:"师伯和师叔都养过老虎吗?老虎好养吗?"

我含在嘴里的一口茶险些将自己呛着,咳了咳说:"梧桐,你快些吃,肉凉了就不香了。"

梧桐眨着一双水灵灵的眼,恍然道:"我明白了,师父是想说'大人说话,小孩不要插嘴'吗?以前我爹娘说话的时候,也不许我插嘴,我明白的。"

如此,霁王和陆九迁十分默契地不再聊"养老虎"的事,我们四人就着花灯烟火席地而坐,吃了记忆中最平静舒坦的一顿饭。

这便是霁王如今所言的"养老虎"之约。

三

此时我与他，双双流落在这个不与外界相通的锦里黑市，倒是与当初双双流落山野时，颇有相似之处。

锦里黑市位于扶风县北，扶风县与鹤林城相隔甚远，料想他来时，定然是先到了鹤林别馆，得知我外出寻草药，又一路风尘仆仆地追到此处。不知他是何时发现我的行踪，大约是碍于东宫左亲卫首领商曜在场，这才迟迟不能现身。

直到我将商曜一指头点在原地，独自登上锦里擂台与拓跋嗣比试，他才好不容易寻到时机见我，不过也只片刻，在商曜赶来之前，他又不得不随着人群先行退避。

所以我能与他在这样一个电光石火的关口，安静地站在此处说说话，实属难得。

想到这里，我便不好再瞪他了，连带着先前梗在心头的一口气，也随之纾解了十之八九。但即便如此，我依然要为自己今后的地位争一争，我说："我们老虎身为百兽之王，有手有脚，何时需要别人来养？还是'风雨同舟'之约更为合适些。"

谁知这话好像正中他下怀，"九尾狐"高兴得连尾巴都藏不住了："你如此说，便是答应了？"

我下意识地问："答应什么？"等反应过来，我才知道自己跳进了他一早挖好的坑里，愤而怒道，"好啊你！"一气之下扬手要打，却被他捉住手腕，只听他压低声音说："团儿如此招摇，万一引来了坏人，可如何是好？"

我只得悻悻然收手，小心望了望四周，见行人如常，这才放下心来。

许是我太草木皆兵，他眼里促狭的光，亮得如同暗夜里许多烟火齐放，我看在他冒着危险赶来见我的分儿上，暂且不与他计较，只催促他道："你千里迢迢来此，该说的话想必说完了，私自出宫总归不妥，越早回去，才越安全。"

夜风料峭，吹得纸灯笼摇摇晃晃，灯笼里飘摇的烛火把我二人的影子拖得很长。

耽搁这小半个时辰，今夜的锦里黑市也差不多到了尾声，人群朝出口处拥去，我便与他并肩走在曲折幽深的暗巷里，听着脚下堆叠的落叶，在我俩行走间，发出"咯吱咯吱"的脆响。

临到黑市出口时，他顿住脚，替我拢了拢被夜风吹乱的头发，轻声却郑重地说："此番情急之下私自出宫见你，到底不算磊落，给我些时日，我会正大光明回来，与你并肩一战。"

话已至此，便无须多言。

不远处小九正缩着脑袋，假装左看右看地等我。

我笑着朝霁王挥挥手："那便后会有期啦。"

他隔着众人回以一笑："后会有期。"

前头小九一手提着鸟笼子，一手拎着蛐蛐罐子，脖子上挂了四五串珠珞，头上还插着孔雀翎羽，好一副纨绔子弟的滑稽模样。

但我此时瞧着他，竟觉得这一身行头也挺顺眼，要是小九喜欢，还可以再多买些，要是他实在拿不了，我还能帮他分担些。

小九闻言受宠若惊，果然也没跟我客气，连累我扛着数十斤沉的花梨木茶桌，颠簸着回了鹤林城……

刚踏进鹤林别馆，传令兵就将这两日耽搁的战报送到我手上。

虽然前有商曜，护送止血疗伤的药草到了前线，但我与翊王书信商议，前线的重伤员仍需送回鹤林城，妥善安置。

钟吾带了人马护送重伤员回城，商曜前去接应，把伤员安置得差不多时，钟吾又带着人马赶回前线继续与魏兵鏖战。

日前我听兵士说，鹤林城西边的山中有马蜂出没。

据兵士描述："西山的毒马蜂，有鹌鹑蛋那么大个，被它蜇一口，又疼又肿不说，蜇狠了还头晕呕吐，喘不上气，能把人活活折磨死。"

我从这只言片语中，提炼出一个"马蜂计"，将秋末最后的几窝马蜂，趁夜送入了魏营，给了他们好一份出其不意的大礼。

四

这之后秋尽冬来,边关好几日气温骤降,黑云压城,恐怕将有一场不期然的大雪。

魏兵出自苦寒之地,自然经受得住凛冽的寒冬,但我大宋兵士多是南方人,南国经年温暖如春,骤然面临这样的刺骨寒风,身子难免熬不住,战力大不如前。

魏军于是乘胜追击,虎牢关或将不保。

我在后方一面救治伤员,一面筹集大量棉衣、棉被,又另筹集了铁锅、炭火、生姜,一并送往前线。

大雪绵延三日,天地万物被雪染成一片素白。

林木、屋舍被雪掩住,整个鹤林城好像里里外外全成了一个模样。

我有一回从安置伤员的屋舍出来,依着记忆往前走了几百步,身后随行的楚禾终于忍不住开口:"监军大人,天色这么晚了,你还要出城吗?"

我诧异道:"这不是回别馆的路吗?"

他向身后指了指:"别馆在那里,大人走反了。"

我这才恍然,打个哈哈说:"今夜月色太好,雪光太白,晃得人有些眼晕,一时大意,哈哈,一时大意。"

说完脚步便有些虚,楚禾眼疾手快地扶住我,免得我一头栽进雪堆里,摔个狗啃泥。

我晃晃脑袋,深觉眼前还是有些发晕,楚禾便二话不说背起我:"大人不眠不休三日,便是铁打的身子也熬不住了,今夜说什么都要好生歇着,属下给您熬姜汤。"

我觉得楚禾大约也忙得发晕了,便好心提醒他:"整座鹤林城的姜都送到前线去了,你哪来的姜熬姜汤?"

他头也没回:"是前日送去前线的路上,车马颠簸,掉下来的一块小姜头,大人不能推辞,一会儿必须把姜汤全喝了。"

等回到别馆,他果然从怀里掏出来一块鸡蛋大小的姜,寒风中,这只瑟瑟发抖的小姜头依稀还带着楚禾的体温,可见他先前一定宝贝得不得了。

我其实很想笑他,竟连一小块姜也贴身藏着,生怕被旁人抢了似的。但见楚禾麻利地拾来柴火,烧火煮水,用的还是一只豁口的水碗,就这么干巴巴吊在柴火上慢慢地熬,我就笑不出来了。

连日大雪,柴火也是湿的,好不容易点着,冒了一院子呛人的烟。

我边咳边说:"要不然水就别煮了,我直接把这块姜干啃了吧,再就碗水,想来效果是一样的。"

楚禾偏执拗:"大人把自己用的炭火和铁锅都送去了前线,如今忍受着这些湿柴白烟,可不是自作自受吗?"

这几日他在我身边忙前忙后,倒是知道了我的脾性,说话好歹不再像从前那样客套拿捏着。

我挠挠头,自知理亏,便不说话了,安安静静地看他生火煮姜汤。

小院里雪后初霁,月光映照雪光,将那几枝光杆的瘦梅都衬托出了几分诗情画意。

楚禾一边烧水,一边叹了一声:"大人本可以做个高高在上、养尊处优的太子妃,穷其一生,不用跟泥淖污秽打交道,为何偏要……"他说了一半,察觉到自己失言,便噤了声。

我望着院子里薄薄一层月光,都说月光容易勾人思乡,我心里当然也有许多放不下的执念牵挂,但人活着,哪能事事顺遂如意?因而我笑着答他:"天下无人愿与泥淖污秽打交道,但,总要有人做的,不是吗?"

楚禾的脊背一僵,随即恢复如常:"姜汤煮好了,大人趁热喝吧。"

我接过他的一番好意,实在没好意思说,我平生几乎没有忌口,什么都吃,唯一无法消受的一样食物,便是姜。幼时喝姜汤差点儿背过气去,但楚禾此时一脸期待地看着我,我便捏着鼻子咬咬牙,一口把姜汤给干了。

豁口的大碗里还有些姜渣,眼见着楚禾期待的眼神,没有丝毫消减的样

子，我又狠狠心，把姜渣也一口吞了。

楚禾这才露出心满意足的模样，我捂着心口说："楚禾，现在我突然有些庆幸了，幸而我一早就把整个鹤林城的姜都送到前线去了，不然你若心血来潮就要给我煮一碗姜汤，我真的……消受不起……哕……"

楚禾见我突然死死地捂着自己的嘴，顿时慌作一团："大人你怎么了？难道姜汤有什么不妥？快来人，大人中毒了！"

我百忙之中喘息了一口："莫慌，我只是有点儿想吐……"

这姜汤的滋味，真是令人回味无穷……

五

是日,天幕倒扣,星月两空。

传令兵将最新的战报递到我手上,魏军借着大雪覆山,踩着细长光滑的木板,跨越天然屏障,从雪山顶飞身滑下,突袭我方军营。

此战打得艰难。

前线不断有伤亡的消息传来,魏军占尽天时地利,来势凶猛,我方勉力抵挡,却失了先机。

鹤林城的雪已有半膝深,积雪被风卷起,雪粒子钻进领口里,冻得我一个激灵。

商曜把最后一批伤兵安置妥当,竟然主动请缨,说是要随钟吾一道上前线,死守虎牢关。

此战将所有能调集的兵力尽数调到了前线,包括楚禾领的两千兵,也有一千五被我斥到了前线。

如今商曜也要上战场,我便打算把剩下的五百兵一并托付给他。

商曜自然不许,大道理摆出来就是:"你身边不可无人,五百已经不算多,鹤林城原本留守的驻军就不足数,你若把五百亲卫调走,谁来保护你的安危?"

我折中地说:"那么我便留下十人吧,十人足够了,虎牢关若是不保,鹤林城便危矣,你若真的担忧我的安危,就带着人,好好守住虎牢关,别叫北魏宵小猖狂。"

商曜还要再劝,我索性摆摆手:"再耽搁下去,怕是要贻误军情,你放心去吧,我把楚禾留在身边,他为人可靠,不会有事的。"

商曜便一步三回头地牵了马,带着清点好的人,踌躇两步,终是与钟吾一道跃马扬鞭,绝尘而去。

这夜无月无星,寒风卷着碎雪,扑在檐下倒挂的冰凌上,雪水滴滴答答浸

染长夜，无端让人觉得彻骨地冷。

此战拖延到今时今日，兵困马乏，几乎到了绝境，却半步都不能退，因为脚下是大宋疆土，身后是大宋百姓。

攻，如何攻？

守，如何守？

我在没有炭火的冷榻上辗转反侧，小九裹着狐皮大氅敲我的门："小团子，城中驿站因为大雪冻坏了两匹马，就把给你送信的事耽搁了，幸亏我聪明过人，知道派人过去问问，你猜怎么着？某个人啊，果然给你写信了。"

他一贯与霁王不对付，他口中的"某个人"，自然说的是霁王。

我从床榻上一跃而起，一把拉开房门说："什么信？"

小九晃了晃手里一个盖了红漆的信封："这次的信掂在手里，着实轻，估计是碍于身份，无法言明，只写了几个字聊表心意，只是不知道，他这几个字你能不能体悟……喂……怎么还明抢呢！"

信封上还是熟悉的"吾妹一枝亲启，兄千树"，我小心翼翼地撕开封口，只见里头卧着薄薄一张云笺，上书八个笔意疏阔的字："天之将明，其黑尤烈。"

我握着云笺的手不由得捏紧，定是边关军情，一早就八百里加急传到了宫中，霁王怕我忧心，特意写了这八个字宽慰——

天之将明，其黑尤烈。

是啊，如今虽然身处绝境之中，但再也不会有比眼下更艰难的处境，只要熬过漫漫黑夜，天总会亮起来的。

我从这寥寥几个字里，汲取了莫大的力量，只觉周身劲气充盈，当即"砰"的一声合上房门，把门外的小九吓了一大跳。

他下意识地抬手敲门："小团子，你要是不晓得怎么回信，我赶明儿帮你代笔，你可别想不开啊……喂！"

这一句话的工夫，我又"砰"的一声打开房门，理了理刚刚穿戴整齐的铠

甲战袍,提着门后那柄都快生锈的长枪,威风凛凛地跟小九说:"师门有训,路见不平尚且要拔刀相助,如今魏军兵临城下,咱们岂能关起门来做缩头乌龟?陆九迁听令,给你半炷香的时间,回去收拾收拾,随我出征!"

这一番豪言壮语说完,我才瞥见小九如今的打扮,松散银袍外披了件雍容的狐皮大氅,手里揣着芙蓉掐丝小暖炉,腰间一枚香袋,在行走间散出甘冽的香。

我这几日忙着照顾伤兵,亲自上手包扎换药,还要开方子熬汤药,忙得不可开交,小九倒是养在别馆,日日焚香净手吃果子,把自己一身狐狸毛养得油光水滑,与我形成了鲜明对比。

就如此际,我重新换上战袍,举着长枪,满腔热血地发布军令,对面的小九则斜倚着门框,拢了拢身上的狐皮大氅,懒洋洋地打了个哈欠说:"大半夜的,别闹。"

我气得用长枪的尖尖戳他的头:"你给我打起精神来,虽然咱们眼下只有十二个人,但是'三个臭皮匠',尚且'顶个诸葛亮'……"

小九打断我:"等等,你,加上十个亲卫,哪来的十二个人?"

我把长枪的尖尖戳进他额前那缕头发里,威胁他说:"嗯?"

他把芙蓉掐丝小暖炉往我怀里一扔:"哟,好汉饶命,我这就去准备,咱们路见不平一声吼,绝不堕了师门威名,这就出征!"

"这还差不多。"

我随即又连夜召了楚禾和余下的九名亲卫,他们这最后留下的十人,个顶个都是以一当百的高手,楚禾先前病着,人也消瘦,总给人一种弱柳扶风的羸弱感,但其实我后来见识过他出手,稳准利落,身手相当了得。

眼下商曜不在,这十人便不敢不听我的军令,待陆九迁整顿妥当,我们十二人,一人牵了一匹马,夤夜出发,直奔虎牢关而去。

六

北魏与大宋以洛水相隔,洛水横亘在虎牢关前,河水汤汤,奔流不息,所以即便是寒冬之际,河水也没有结冰的迹象。

宋人向来擅水战,这条洛水河上大大小小的攻伐不断。水面上残旗裂甲,岸边伏草染了血色,雪地上凌乱的脚印、马蹄印,还有融在雪里的殷红血迹,都在提醒我,不久前这里经历过一场大战。

天边隐约显出鱼肚白,我望了望天色,突然说:"两军大战将歇,正是各自休整之时,你们说,这时候北魏皇帝在做什么?"

我脑海中闪出当日黑市与拓跋嗣相争的画面,拓跋嗣脾气秉性虽然深藏不露,但看他敢于孤身前往黑市寻药,便知他也是个喜欢冒险的人。

喜欢冒险的人,自然所思所想,皆与常人不同。

我勒马止步,掉转了马头,朝虎牢关相反的方向奔去。

楚禾在我身后喊:"大人快回来,你又走反了!"

我回道:"这回没有走反,此处往西十里,有几处悬崖峭壁,等闲人是攀不上来的,因而无人把守,但你们几人身上功夫都不错,咱们便以轻功跃下,绕过魏军,直奔魏军身后的北魏朔方城。"

楚禾赶忙纵马追上我:"大人去朔方城做什么?"

一旁陆九迁紧了紧缰绳:"无非是以身涉险的毛病又犯了,不过楚大人莫慌,她行事向来有分寸,咱们无须多问,只管跟着去便是。"

这回陆九迁换了利落的战袍,身姿样貌几乎与从前做男子时无异,所以猛然见他如此打扮,倒还觉得英姿勃发,很是顺眼。

路上我对众人说,这次北魏皇帝御驾亲征,但为安全着想,他手下的人定然不会让他亲赴虎牢关督战,而虎牢关方圆几里,最近的一座北魏城池便是朔方城,此城北依崇山,有禁沟深谷之险,南有渭、洛,汇黄河俯冲之要,易守难攻,最适合安置圣驾。

而虎牢关两军交战，大宋兵力齐出，北魏也同样倾巢出动，若此时，他们察觉圣驾所在的朔方城或将不保，必然抽调兵力回援，如此一来，北魏兵力骤减，慌乱之中难免顾此失彼，一旦露出破绽，翊王便可趁势出击，将不利的战局扭转回来。

楚禾听得似懂非懂，但有一点他立刻便明白了："大人要孤军深入，可我们只有十人，如何能护卫大人的安全？此计不妥，纵使翊王殿下知道，也定会阻拦。"

我安慰他说："翊王知道是一回事，眼下他不知道，你身为千夫长，应当唯'监军'之命是从，所以我这个'监军'非要去朔方城一趟，你只是百般劝阻之下不得不从，翊王纵使知道了，也不会责怪你的。"

楚禾急道："属下岂是因为怕翊王责怪才阻拦大人的？实在是因为大人此举太过凶险，属下如果未尽到劝阻之职，便是百死难辞其咎。"

我叹口气："你前些日子与我一同医治伤患，好不容易熟络起来，说话不这么别扭拿捏了，如今倒好，一着急，又开始'属下'长'属下'短。不过你放心，小九说得对，我心里有分寸，保管带着你们囫囵个儿去，囫囵个儿回。"

踏雪一声长嘶，仿佛也在回应我的话一般。

我拍拍踏雪头顶的雪白鬃毛，记起出征前，踏雪的鬃毛上沾了几点血迹，全是它从前主人的一番情谊。我在心里暗自发愿，此行一定要顺利，因为千里之外，还有一个人，在等我平安回来。

少顷，到了我提及的那处悬崖，我们这十二人，将马拴在老树上，而后施展轻功，飞身而下，徒步攀过几座险峰，总算落在朔方城外的荒野处。

往前走便是朔方城门，此刻因为在战时，城门紧闭，高耸的城楼上有守军持剑待命，城楼的孔洞里，弓箭手摆好阵势，锐利的箭尖在旭日之下反射出晃眼的银光。

我带着众人站在弓箭手的射程之外，凝起内力使出十成的力气，朝朔方城

之上的守军喊道:"魏军便是如此紧闭城门,做缩头乌龟的吗?哈哈,今日一见,果真贻笑大方。"

城楼上有人大声喝道:"大胆,来者何人?"

我便回:"来取尔等性命之人,还不速速开城门?"

这话落下,不知城楼上的魏兵是何反应,但我身边的楚禾显然是耐不住了,在我身后小声道:"大人故意招惹魏兵,万一他们真的开城门应战,我们该如何是好?"

我说:"不会的。"

楚禾疑道:"什么不会?"

我自信地一笑:"魏兵绝不会开城门,非但不会开城门,还会派人送信给虎牢关前线将领,即刻带兵回援,救朔方城之危。"

楚禾更加好奇了:"仅凭我们十几人,便会令魏兵畏惧至此?"

一旁的陆九迁倒是率先明白过来:"仅凭我们当然不会,能叫魏兵畏惧的,是我们背后之人。"

的确,自古倚仗自家城池坚固,对前来挑衅者避而不战的人,数不胜数。

但古来攻城略地之时,面对久攻不下的城池,便放手不攻了吗?当然不是。

当年在青吾山学艺时,我师父便提过,凡遇到久攻不下之城,最好用的法子便是分兵埋伏之后,再以少数人马至城下诱战,或退军示弱,诱使对方打开城门追击。

如今朔方城便如久攻不下的城池,我带着十几人站在城门下叫嚣,便像是诱敌出城之计,以拓跋嗣的机谋,定然以为我敢前来叫嚣,是因为身后草木扶疏之处,埋伏了不少大宋精兵,只等着他一开城门,便群起进攻。

毕竟虎牢关前,魏军打得气势正盛,拓跋嗣或许以为,我大宋会兵行险招,使出一招"攻敌之所必救",表面上派兵攻打圣驾所在的朔方城,实则是为了缓解虎牢关之危。

而且,即便北魏猜到我的目的是缓解虎牢关之危,但为了圣驾安全着想,

也不得不小心应对。

更何况，在拓跋嗣看来，朔方城中有守军，虎牢关若调兵回援，那么此刻埋伏在城下的大宋将士，便是腹背受敌，断无胜算。

无论如何，我使的这一出好计，都是稳赢不输的。

诚如我师父所说，排兵布阵，算的从来都是人心。

不过我若有机会，再见到他老人家，一定要在后面补上一句：除了会算计人心，做戏的本事也要过人。

就如我此刻，心里虽然九曲十八弯，甚至还打着退堂鼓，面上神色却分毫不改，全然一副"你们尽管放马过来，我背后有人"的自信张扬模样，不仅如此，还朝城楼上的守军轻蔑笑道："我此来只带了十余人，你们尚且不敢开城迎战，可见北魏兵将全是鼠胆小人，不足为惧！"

说话间，城楼上突然站了一个身姿飘逸的人影，以我目力，能瞧见那人一身金纹墨袍，腰佩玉带，头戴金冠，不是拓跋嗣还能是谁？

他亦低头瞧见我，不知眸中有无惊讶之色，我朝他拱手："公子，别来无恙？"

第六章 后会有期

一

朔方城，城楼高耸，拓跋嗣负手立于其上。

我眼下虽然穿了戎装，但当日黑市上，我与他近身交过手，想必他不会认不出我。

果然，他瞧见是我，大方笑道："早知姑娘身手不凡，定然大有来头，却不承想，姑娘竟出自大宋军中。我倒记得，大宋皇帝迂腐，军中历来不容女子，姑娘如今这般，倒叫我愈发汗颜，想不到我先前种种猜测，到头来，还是小瞧了姑娘。"

我有意拖延时间，便接过他的话头道："不知公子先前做何猜测，在下愿闻其详。"

拓跋嗣也不扭捏："我曾大胆猜测，姑娘是哪国公主微服至此，但观你对待手下随从的行为举止，实在不像是皇室中人，就对此种猜测存了疑。"

其实他对我身份的猜测，倒也算是八九不离十，但他后来那句存疑，就把我的好奇心勾了起来，所以我继续问道："不知我对待手下随从，有哪处举止不妥，竟让公子存疑？"

莫非是我言行无状，没有半分皇家体统？

只听拓跋嗣耐心解释道："当日锦里擂台比试，姑娘明知此举危险重重，却毫不犹豫地拦住手下，亲自上台，可见姑娘不是将手下人性命视作草芥之人，反观列国皇子王孙，面对此种危机之时，能与手下共存亡，已是难得，能做到姑娘这般身先士卒，以己之身保护手下的，恕我见识浅薄，只怕四海列国，确无一人。"

这话说的，委实太过恭维。

我赶忙摆摆手："公子实在过誉，当日锦里擂台比试，公子贵重之身，尚且亲自上台，不愿假手于人，在下区区小女子，不过出于本心，做了分内事，如何担得起公子如此谬赞。"

拓跋嗣坦诚地说："原本我也未曾想过亲自上台，不过瞧姑娘有趣，加之轻敌，这才与姑娘比试了一场，后来趁人之危，实属胜之不武，如今想想，实在不算君子所为。"

此时朔风凛凛，吹面如刀，刮得人脸颊生疼。

我一贯不爱与人讲官话纠缠，尤其是在刺骨寒风之下，还要仰着头，扯着嗓子，与高高在上的敌国皇帝虚与委蛇。说这小半日的话，对答这数个来回，于我而言，已是极限。我低下头揉揉酸涨的后颈，喘了口气才重又抬头说："公子过谦，本就是我技不如人，后来又使上不得台面的法子，让公子无功而返，细数起来，还是我更寡廉鲜耻一些。"

许是"寡廉鲜耻"这个词用得不大得体，拓跋嗣闻言，身形明显一滞。

陆九迁在我身侧耳语道："素日见到书读得少的人呢，都晓得不在人前卖弄，夹着尾巴做人，唯有你，两军阵前都如此招摇，好像生怕别人不知道你肚子里墨水少。"

可陆九迁哪里知道我心里的苦？

纵然"寡廉鲜耻"不大得体，我也实在想不出更加恰当的词，总不能话说到一半突然卡住，所以只得硬着头皮把这句话说完。

谁知拓跋嗣竟跟着客套道："姑娘何出此言，我以男子之身与姑娘比试，本就不算磊落，明知不磊落却偏要行之，实在是我失礼在先。"

我若由着他如此自谦，岂不显得我大宋傲慢无礼，不如他们北魏彬彬有礼？

如此一想，我便更加十倍百倍地客套起来。

于是我俩在这样剑拔弩张的关头，于阵前当着众人的面，你来我往，互相逢迎。此情此景，实在过于耸人听闻，大约是因此，拓跋嗣身后那名执长戟的守军，依稀身形晃了晃，长戟险些脱手掉在地上。

我只觉得这小半日，我是搜肠刮肚，把平生学过的所有四字成语一股脑儿全都不重样地说完了。说到后来，实在词穷，我只能干笑着重复："哪里哪里，过奖过奖，客气客气，承让承让……"

第六章 后会有期

正当不知该如何结束这场煎熬的对话时,北魏调兵回援,援军终于赶到。

不远处隐有马蹄声震彻山谷,脚下土地微颤,我原本悬着的一颗心,终于也跟着这迟来的援军一道落回实处。

听这纷至沓来的马蹄声,援军来得不少。

若虎牢关前线突然减了这么些魏兵,于我大宋而言,实在是不可多得的反攻好时机。

翊王征战多年,洞察力、决断力自不必说。我此番涉险,以身诱敌的使命也算是完成了。

松了这一大口气之后,我由衷地笑着,朝城楼上的拓跋嗣喊道:"实不相瞒,我此来真的只带了十数人,先前虚晃一枪,是为了惑敌,如今援军将至,我也是时候告辞了。"

城楼上埋伏的弓箭手,一个不慎射落几支羽箭,却被拓跋嗣抬手制止。

他回过神来,全然知晓我心中九曲十八弯的小算盘,仍然颇有风度地说:"姑娘谋略过人,胆识过人,实在是不可多得的将帅之才,我大魏素来以实力论英雄,不比宋人那般迂腐,若姑娘愿意转投我大魏麾下……"

他既有这个念头,后面的话多半是许以重利。

我便不耐烦了,挥手打断他说:"多谢公子美意,但恕难从命。"

拓跋嗣抬手,抚着城楼上的栏杆,颇为遗憾地说:"既如此,后会有期。"

这句"后会有期"本也是客套话,但我一向不愿将这类无妄之诺轻许给别人。

而且那时的我十分自信,以为此生不会再与北魏扯上什么关系,所以直接回答他说:"'后会有期'就不必了,怕是今日一别,你我就没有机缘再会了。"

这话说完,我带着身后的十一人,一同往鹤林城的悬崖处飞掠而去。

衣袂飞扬间,拓跋嗣在我身后信誓旦旦地说:"我看未必,也请姑娘记

住，若他日再会，我定不会轻易放过你。"

陆九迁在我身侧"哧"了一声，我一笑，回头对拓跋嗣道："那就看你有没有这个本事了！"话音随之散落在凛冽的寒风中，倒不知他听得清不清楚。

攀过悬崖，顺着事先垂在半腰的绳索爬上崖顶，便见眼前白雪皑皑，被过午的日头一照，四处映照着荧荧雪光，不远处踏雪和一众马儿乖乖等在原地，直到真正重回大宋疆土，双脚落在实地，我与众人才总算长舒一口气。

陆九迁道："接下来去哪儿？"

我跨上马背，拍了拍踏雪的头，意气风发地说："自然是去虎牢关瞧瞧。"

二

前线战况愈演愈烈,留守原地待命的魏军,大约是为了掩饰军中空虚,进攻势头仍然不减。

箭矢如簇,划过长空。

战鼓隆隆,骏马嘶鸣,呼号震天。

刀剑相接,发出刺耳铮鸣。

入目是殷红血色,又不知是何处起了大火,风助火势,滚滚浓烟烧得人双眼刺痛,几乎看不清楚。

我与众人策马而来,远远就被鹤林城守军拦下。

这回的守军认出了我这一身战袍铠甲,赶忙抱拳行礼道:"翊王有令,监军大人到此止步,不可再往前行。"

想不到翊王早有准备。

我表面上乖觉应着,却暗地里朝陆九迁使眼色。

陆九迁从小便在"偷奸耍滑"一道上颇有建树,见此情形二话不说,掏出怀里一封书信,在守军面前晃了晃说:"监军大人接到急报,事关此战成败,不得不面见翊王,当面陈奏,尔等若敢阻拦,便是置翊王安危、大宋安危于不顾,我且问你,这等大罪,你担待得起吗?"

守军被他威势所迫,一时不知如何是好。

陆九迁借机朝我一点头,我立刻便明白了他的意思,毫不犹豫地夹紧马腹,纵马跃过围栏,朝前线奔去。

身后楚禾等人立刻跟上,守军自知兹事体大,倒是没有再阻拦我们。

这片刻工夫,我好奇地问陆九迁:"你怀里的书信是怎么来的?关键时候还挺有用。"

陆九迁悄悄撇嘴:"陆老头大寿之期将至,催我回家的家书一封接一封,关键时候可不是手到擒来嘛。"

我一边纵马,一边回复他的话:"你爹大寿是喜事,自然希望你早早归

家,待此间事了,你便回去吧。"

陆九迁惊得差点儿勒马站住:"小团子,你不要我了?"

我抽出马背上的长枪敲他的头:"你就知足吧,我爹远在青吾,我想归家都归不得,你爹近在咫尺,你还号什么?"

前线战局胶着,数日前重新被魏军攻据的虎牢关,眼下正被我军拼死夺回来。

魏军且战且退,我军咬牙攻伐。

战至激烈处,可谓是一寸山河一寸血。

翊王身先士卒,亲自率军与魏兵厮杀,我见此情景奔上高台,接过兵士手中的鼓槌,以鼓声为翊王助战。

战鼓不断变换节奏,将士们随着鼓点调整军阵,先前被魏军冲散的阵列重新聚合,翊王似乎是感觉到了什么,挥剑劈开眼前的数名魏兵,骤然回身朝高台上的我望了一眼。

这一眼是责怪,怪我不听他的军令,不遵守先前的约法三章,竟来了阵前。

我回以更加密集的鼓点,手臂凝聚内力,鼓声慷慨激昂,我军的士气被鼓声所鼓舞,将士们高声呼号:"冲啊!杀啊!"

魏军被逼得杀红了眼,反扑之势甚是凶悍。

箭雨细密,从四面八方直奔我而来,身侧将士齐齐拔刀,将我护卫在最中间,以保我不受影响,继续以鼓声助战。

不断有箭矢命中将士的闷响和箭尖撞击铁甲的脆响声传来,兵刃与羽箭相接,不知伤亡者有多少。

高台之下,魏军将领挥刀与翊王战至一处,刀剑相撞发出刺耳铮鸣,两人俱是毫不留情,下手招招致命。

满地积雪化作脏污雪泥,将士们厮杀声震天,泥水混着血水,铺成猩红一片。

不知是谁高呼一声："快看,援军来了!"

我讶然之下,随着这声高呼朝身后狼烟深处望去。

浓烟将远处情形烧得若隐若现,先是有一两人,后来十数人,再后来成百上千人,骑着快马,奔驰而来。

我只听得军中先有一人欢呼道:"是霁王!"

随即百八十人齐声欢呼:"是霁王殿下!"

"霁王殿下带兵驰援了!"

"虎牢关有救了!"

万般轰鸣声中,我只瞧着最前头的那个人。

当真是他,于尘嚣之外,踏马而来。

上次分别,他承诺说,给他些时日,他会正大光明地回来,与我并肩一战。

如今不过时隔数日,他当真守诺,大概是才养好了身上的伤,就迫不及待地纵马而来。

这一回,他带的是从吐谷浑借来的八万军,攻敌措手不及,虎牢关大捷。

那面战鼓被我敲到最后,鼓面上插满羽箭,连鼓槌也在最后一击之后,骤然折成两段。

陆九迁上前一步扶住我,撕下一块干净的里衣,将我两手虎口处撕裂的伤口结结实实地裹住。

我只觉得气力耗尽,由着陆九迁打横抱起我,跃下高台,朝后方军医那处奔去。

百忙之中,我左右四顾,朝人影憧憧处寻了一会儿。

魏军将领的长刀被翙王一剑挑落,将领胯下的战马受了重伤,终于不支倒地。

那将领困兽犹斗,转而与另一人战至一处,只见那人一身干净的白袍银甲,在一众血污之中,尤其惹眼。

我只顾着看那身白袍,不知何时,魏军将领迎头朝这人的长剑撞去,长剑

贯穿将领的胸膛，执剑之人抽剑转身，先是望向高台，又随着憧憧人影寻了一会儿，终于与我的视线对上。

我朝他一笑，能再见到他，真好。

若能再多看他几眼，就更好。

可惜心里这么想着，眼皮却越来越沉，昨夜彻夜未眠，今晨又直奔朔方城，独对拓跋嗣，再到此时，鏖战几个时辰，滴水未进，我终于体力不支，昏了过去。

三

梦境里嗅到一股白米粥的香气,我挣扎着睁开眼,就看见眼前有人端着一只大海碗,碗里的粥热气腾腾,显然是刚出锅,我下意识地咽了咽口水,幸而还记得用膳应当矜持些,于是拥着被子起身,朝端着大海碗的霁王说:"有劳王爷费心,我当真饿极了,只是怎么只有粥碗,没有勺子?"

霁王故意揶揄道:"你喝粥,何时需要用勺子了?"

大约是说我从前在青吾时,举止确实粗鲁了些。

但我现在好歹也是一国的太子妃,再像从前那样牛饮,成何体统?可不等我开口,霁王已经不知道从哪儿变出一把勺子,甚至还贴心地说:"知道你无肉不欢,我方才特意吩咐人,熬粥的时候切了少许瘦肉,你手上有伤,还是我来喂你。"

说起我手上的伤,我这才察觉到虎口处生疼,应该是刚刚被人涂了金疮药,又用干净的棉布仔细包扎,此刻低头一瞧,两只手果真又被人包成了两只大粽子,因我天生手小,手指也不够长,这么包下来,十根手指只能露出两根,委实不便,确实得有人喂。

所以我便坦然领受了,朝霁王张着口说:"啊。"

霁王舀了一勺白粥送到我嘴边,我摇摇头不肯吃,用眼神指指大海碗里头的瘦肉,示意他,我要吃肉。

他便重新舀了一勺,喂给我吃。

我一边吃,还不忘一边谦虚:"其实我饭量不大,寻常病人喝粥,都是一只玲珑小碗,如今你这一个大海碗端过来,实在是太过夸张了。"

霁王无视我的谦虚,一勺接一勺地舀着粥说:"你一日滴水未进,只怕这碗粥远远不够,我还叫人备了点心,只是点心做起来耗时,等你吃完粥,大约才能做好。"

我闻言有些抗议地说:"你这哪儿是照顾病人,分明是想把我喂胖!"

他笑得分外好看:"原先不许我'养老虎',怎么,把你喂胖就愿意了?"

我不与他一般见识,老实吃粥,吃着吃着就有些发愁。

霁王温言道:"为何突然愁眉不展?"

我叹口气:"你不知道,我之前和翊王约法三章,只能留在大后方,不得上战场,这回我一意孤行,不知道一会儿见了他,会不会遭受一通责罚。"

霁王拿勺子敲着碗沿:"你胡闹的事岂止这一桩!随着你胡闹的那几人已经全招了,你先前独自去朔方城惑敌,还以为能瞒过他?"

闻言我更愁了:"他一贯治军严谨,我一口气违了这么多军令,只怕要不好了,你……能不能替我向他求个情,你好歹是他哥哥,他无论如何都会给你这个面子的。"

这话说到后头,我眼巴巴地瞧着他,神情很是委屈,但他不为所动:"何须用我求情?你如今伤成这样,金疮药还是他送来的。"

"咦?"我喜上眉梢,"他没有责怪我?"

霁王把勺子"啪嗒"一声扔进海碗里:"他自责还来不及呢。"

我于是笑逐颜开:"那便好,那便好。"

霁王兴许是瞧我不太顺眼,偏要在此时往我伤口上"撒盐",只听他临走前补了一句:"你虽无事,但与你胡闹的那十一个小子,都要挨三十军棍,以儆效尤。"

"啊?"

霁王可能不太忍心,掀开帘子之前又补了一句:"旁的人我救不了,但你师弟,我叫颜洲亲自行刑,应当能放些水,伤不了他。"

我一想到楚禾身上有旧疾,如今又因我之过,无端挨这三十军棍,不知身子能不能受得住,想到这里,我便掀开被子披上外衣,要往行刑台那处去。

我本想去阻止,但门外守着我军帐的兵士,垂着头告诉我:"大人,这会儿已经来不及了,那十一个人早就行刑完毕,各自回营帐趴着了。"

我心里一沉,愧疚之情更重。

陆九迁那处我自然不必担心,所以我当先去了楚禾歇息的军帐。

楚禾见到我来,神情慌张了一瞬,掩好衣裳从榻上爬起来:"大人怎么来了?"

我依稀瞧见他背上除了刚刚受的三十军棍,还有很多已经痊愈的只留下疤痕的旧伤。

但我不疑有他,只问道:"伤势重不重?敷药了吗?"

楚禾虚弱地一笑:"大人不必担忧,我从前受过的伤不计其数,与之相比,如今只是小伤,不日就能好了。"

闻言我奇道:"你在军中,又常在后方,若无大的战事,怎么会受这么多伤?"

他不自在地掩了掩衣裳:"大人不要问了,我无事。"

我晓得每个人都有不想与人言说的过去,也就不勉强他,只说:"你虽一直依礼喊我'大人',但我早已将你当作一同出生入死的好兄弟,这次是我连累你,这一句抱歉,虽然于事无补,但总归……对不起。"

楚禾抬眼瞧我,一双清眸水光潋滟,我从前见过许多人,却从未有过一人的眼睛,像他这样如碧湖般通透,好像全不染一丝一毫的杂质一样。

良久,他说:"大人言重,楚禾受之有愧。"

我以为他在与我说笑,便笑着问:"你怎么会受之有愧?"

他却不再言语,眉头依稀皱得很深,想必是身上伤处太痛,我便不好再叫他劳神,只轻声说了一句:"好好养伤。"便掀开军帐离开。

陆九迁那处的军帐中,颜洲正守着,虽然行刑时放了水,不至于皮开肉绽,但碍于众目睽睽,打得也确实不轻。

我到那儿时,陆九迁已经睡了,他一贯是个天塌下来当被盖的性子,我便没有打扰,轻手轻脚地告辞。

如此又去了其他几人的帐中,挨个儿送了疗伤的金疮药,见众人无碍,我总算放下心来,回到自己的军帐,躺回榻上,这一刻纷繁战事烟消云散,只觉

第六章 后会有期

得前所未有地踏实。

第二日颜洲亲自来送瘦肉粥，站在军帐外说："殿下与三殿下商议军务，稍晚一会儿才能过来，叫我先把粥送来，说是……'太子妃娘娘虽然伤了手，不方便拿勺子，但区区一碗粥，想必难不倒她'。"

我闻言掀开军帐，双手捧起那碗粥："的确，知我者，你们殿下也。"

谁知颜洲送完了粥，却没有立刻离开，而是站在原地踌躇起来。

我好奇地问道："颜侍卫还有何事？"

颜洲支支吾吾地说："属下……属下素闻……太子妃娘娘师承世外高人，那高人有一门易容改装的秘技，先前……先前小九姑娘，便是用了那秘技……她……"

颜洲越说越乱，到后来更是支吾起来，我便直截了当地问："颜侍卫究竟想说什么？"

只瞧颜洲双肩绷直，明显紧张："属下昨日见到她，以一身男装示人，不知她……现下究竟是女扮男装，还是先前……是男扮女装……"

这问题我着实不好回答。

但思及陆九迁的父亲马上大寿，他不日便要离开军中，我为了遮掩过去，总得编个"侍女陆小九大战之中以身护主，不幸丧命"之类的说辞，日后，他更是再无机缘回宫，如今我若是不对颜洲坦诚相告，实在问心有愧，便说："其实小九他……是我同门师弟，先前为了帮我，才不得已男扮女装，与我一道入宫，不过此事传扬出去，是欺君大罪，希望颜侍卫能为他保守秘密。"

颜洲好像松了一口气："属下明白了，多谢太子妃娘娘解惑，属下知道该如何做。"

我点头道："那便多谢颜侍卫。"

他抱拳一礼："太子妃娘娘言重。"

四

霁王与翊王商议的军务,是如何将这吐谷浑的八万援军妥善地移交到翊王手上。

也就是说,霁王带兵来援,只是权宜之计,既然援军妥善地带来了,霁王便完成了使命,移交完毕,便要即刻启程,回宫复命。

在他走之前,大捷之后的庆功宴还是不得不摆。

他这回除了带来援军,还带来了军需补给,除了粮草以外,果蔬、瘦肉、酒水也带了不少。

众人连日来的阴霾一扫而光,围炉叙话,对酒当歌,军中气氛活跃了许多。

这场庆功宴的座席安排,就十分有讲究。

我与霁王、翊王,和军中将领坐主桌,主桌下头是此战的大功臣,商曜、钟吾、楚禾,另有颜洲、小九和翊王的亲卫傅谦同坐了一桌。小九今日碍于众人面前,换回了女装,他极自然地招呼众人一起吃菜,倒衬得一旁的颜洲有些不自在。

而毫不知情的傅谦,颇有君子风范,极其照顾桌上唯一一个"姑娘",我只觉得这些人凑在一起,什么都不用做,就已然是一场大戏。

我这厢看得热闹,没防备被霁王暗中敲了一记。

他以眼神示意我:"好好吃饭。"

我以眼神回他:"伤了手,怎么吃?"

虽然我虎口处的伤早就没有大碍了,但明知道今日大宴,我还是执意把手包成两只粽子。

霁王回身谢过众人的敬酒,满饮一盏后,不动声色地夹了一只鸡腿丢到我碗里。

我直接抱着鸡腿上手开啃,吃得满嘴流油。

第六章 后会有期

这一桌的人,都是一同共过生死的兄弟同僚,大家或多或少知道我素日言行,所以对此睁一只眼闭一只眼,见怪不怪。

酒过三巡,将士们把酒言欢,便有些忘形。

宴席正当中设了处台子,供将士们上前施展才艺,抒怀逗趣。

刚有一名醉得走不成直线的壮汉爬上台子表演了一套醉拳,博得满堂彩,便不知是谁在底下喊了一声:"素闻监军大人的父亲吹笛的本事一绝,不如大人今夜便奏一曲,令我等开开眼界。"

据说我父亲当年在阵前,一曲长笛可惑人心神,使敌军不战而败。

这传说不知几分真几分假,而我虽然不知道我父亲吹笛的本事到底是不是一绝,却知道我自己吹笛的本事,确实是"挺绝"。

念在将士们征战不易,好不容易得来这片刻太平,我便不给大家添堵了,正想举起自己包成粽子样的两只手,以手伤做借口,逃过这一劫,哪承想身边的霁王倒先替我说了:"实在不巧,监军大人日前击鼓伤了手,如今伤势还未大好,只怕吹不成笛子。"

他这一番解释,我便想起当初头一回在他面前吹笛的情形。

彼时郡主姐姐要在御园摆擂台,与我比试琴棋书画,我于此道一窍不通,三局输了两局,本不用再比,谁知郡主姐姐以为我消极怠工,偏要与我比试音律,我便使了三分气力吹了一支笛,笛声尖锐,引得假山崩石,惊起御园白鹤无数,险些伤了人命。

关键时刻,我以笛子做剑,替郡主姐姐稍作抵挡,可一个不慎,一条腿迈到凝翠湖边,恰巧霁王赶来,我便佯装气力不济,只待他伸手救我,可谁知,他竟袖手旁观,害我又一个不慎,硬生生坠了湖,得了风寒,躺了一个多月才好。

回想起这段往事,我就觉得这坠湖之仇,实在是令人意气难平,尤其是霁王知晓我吹笛的本事不济,这才出手阻拦,更加令我意气难平。我突然想跟他

唱个反调,站起来说:"小小手伤不足挂齿,我身为监军,怎会如此娇气?只不过军中没有笛子,纵使我想吹,也无可奈何嘛。"

我这说的是实情,行军打仗,轻车简从,换洗衣裳都带不了几身,何况是没甚大用的笛子。

霁王未料我如此说,眸中正诧异,就听底下不知又是谁喊了一声:"哪个说军中没有笛子?咱们翊王殿下的腰上不就别了一把吗?既然监军大人兴致正好,不如即兴吹一曲怎么样?"

此言一出,附和者众多,底下的将士兴致高昂,纷纷举了杯中酒,高声喊道:"好!"

叫好声一片,翊王便不好拂了众人的兴致,为难地看我一眼。

得,这下可好,一句大话,彻底撞枪口了。

我怎么不知翊王素日行军打仗,还有在腰上别笛子的习惯?

什么叫骑虎难下?什么叫进退两难?

我为何无事要跟霁王唱反调,这下可好,把自己给搭上了!

另一桌的陆九迁已经连菜都不吃了,痛苦地捂住了自己的脸……和耳朵……

他旁边的颜洲也是一脸灰败,活像吃了一场惨绝人寰的败仗。

唯有傅谦神色淡然,但我在心里默默给他下了结语:这是属于未经世事的少年人,独有的一派天真,一会儿等我吹完笛子,你且看他是个什么模样。

这厢翊王抽出笛子,攥在手里越发为难。

我先前还纳闷,翊王为何有如此神情,如今看到笛子,全明白了,这竟然是先前被我在海棠树下一剑削断的那支断笛。

断笛上有个"诀"字,后来被我找手艺极佳的师傅拿金线修补过,这个"诀"字虽然完好如初,但笛子到底是断过,音色大不如前,兴许,有些音已经不大准,只是不知吹奏起来,会不会有跑调的风险。

不过跑不跑调,其实对我这样的"高手"来说,区别不大,我回给翊王一

个安慰的眼神,决定接过笛子"慨然赴死"。

翊王也不好多说,在众人的起哄下,只得默然将笛子递到我手里。

就在我以为尘埃落定,当众吹笛之事已经刻不容缓时,霁王越众而出,按住翊王的手说:"太子妃到底是君,我等为臣,自古君臣之礼不能废,吹笛这样娱兴的事,还是由为兄代劳。"

这话说完,他抽走了翊王手里的笛子,跟底下众人道:"监军大人家学渊博,其父更是不世出的高人,如此技艺怎能轻易展露于人前?不过本王曾在宫中有幸见识监军大人的绝妙笛声,后来因此拜监军大人为师,学过几分皮毛,今日既然大家兴致正高,不如就由本王代为献丑,如何?"

众人当然没有异议,纷纷拊掌叫好。

我在震惊之中回过神来,慌乱地扯住他一片袍角:"王爷且慢……"

他回身一笑,凑近我耳边低声说道:"实际上本王的笛声并不比三弟差,不信你听听看。"说罢,他不再给我开口的机会,径自朝正当中的台子那处去。

我方才叫他"且慢",实际上是想告诉他,那支笛子,它跑调呀!

要是霁王当众吹笛,真的成了"献丑",在众人面前失仪,那可如何是好?

我心急如焚,当即扯了手上包裹的"粽子皮",又抽出自己的十丈软红,随他一道跃上台子。

他执长笛歪着脑袋瞧我,眼里促狭的光闪过,低声说:"团儿何故追随我而来?难道是,片刻也不愿与我分开?"

我以眼刀瞪他,抱拳朝众将士说:"既然霁王殿下屈尊吹笛,我也不能干坐着,便以自家剑法相佐,权当为大家助一助兴。"

钟吾率先道:"好!"

他身侧的商曜,隔着众人望着我手里的软剑,若有所思。

不过我顾不得这许多,屏息凝神,打算使一套我师父自创的青吾剑法,以

眼花缭乱的剑招，吸引众人注意，如此一来，霁王的笛声就算出了差错，也不会太显眼。

彼时我倒忘了，凡是名家奏乐前，定会先试一试乐器的音准，所以霁王甫一拿到笛子，就已试了音，对于笛子少许错漏的音准了然于心，只消吹奏时避开这几个音，于整段曲子而言，不会有什么大碍。

更何况底下众人，已酒过三巡，又都是与我一般的粗人，并不通晓音律，所以除了翊王以外，旁人也察觉不出什么异样。

但我关心则乱，上得台子，朝霁王点头，示意准备妥当。他横笛于唇畔，笛音清亮悠远，入耳不由得令人心神一振，我随之横剑旋身，剑势凌厉，剑锋在我手腕间化作千条剑影。

他配合我的剑招，曲调顿如万壑风生。

我们二人一个舞剑，一个吹笛，笛声盘旋如松涛阵阵，剑影缠绵如瑞鹤云蒸。

甫一曲作罢，底下原本的嘈杂喧嚷，全化为万籁俱寂。

良久，才有人鼓起掌来，随之掌声、叫好声一片，宴席又热闹起来。

霁王携我坐回主桌，将手中笛子完璧归赵。

只听翊王道："皇兄素日以风雅之姿示人，官宴上的靡靡之音奏了不少，臣弟还是头一回听到皇兄吹奏如此铁骨铮然之音。人道是曲乐奏心，想必皇兄心中，抱负不浅。"

霁王随意斟了一杯酒："为兄从前想岔了事，总以为韬光养晦，戒急用忍，方是长久之道，幸而前些时日走了弯路，才想明白，忍耐太过，未免矫枉过正。还是三弟活得豁达通透，从小到大，但凡你想要的东西，便百折不挠地去求，这一点上，为兄远不及你，不得不佩服。"

翊王垂眼瞧着杯中酒："皇兄自幼便被父皇寄予厚望，久居建康，交游广阔，自然与臣弟这等边野武夫不同。臣弟身边没有几个朋友，若想要的东西不去努力地争，那样东西便永远不会有人送到臣弟手上，这也是臣弟羡慕

第六章 后会有期

皇兄之处。"

霁王诧异地瞧着他,他竟笑了:"从小到大,皇兄无论想要的,还是不想要的,都有人拱手奉上,所以皇兄不必求,也不必争。更何况皇兄的母妃深受父皇宠爱,仅仅是生母常伴身旁这样微末的小事上,臣弟都不及你。"

许是话到此处,翊王感怀往事,也为自己斟了一杯酒:"臣弟与皇兄,多年来不曾像今日这般同桌共饮,这杯酒,臣弟敬皇兄。"

霁王举杯,二人皆是触动心肠,满饮杯中酒后,竟一时默然。

我见翊王伤怀,便走过去拍他的肩:"你们两兄弟,性子简直是天差地别,若有法子能折中调和一下便好了。你看,他羡慕你豁达通透,无拘无束,你羡慕他亲友在侧,其乐融融,可你们谁也不知道彼此的难处,人都说不如意事十之八九,哪有人能生下来便只占了好处,半点儿苦处都没有的?"

翊王摇头道:"便是苦处,有的人生来只尝三分苦,便觉难以忍受,而有的人尝尽七分苦楚,却只能自己咽下,无人可诉。"

我生平最见不得朋友难受,当即抱了桌上的两大坛酒,拍开封泥,分给他一坛道:"你说得对,苦不苦只有自己知道,但既然苦都苦了,你痛哭流涕也是苦,开怀大笑也是苦,为何不高兴些?今日既然我在这里,你便不是没有朋友,曾经我在建康宫许诺过,不论何时,你若觉得心中苦闷无从排解,我便陪君醉一场。来,今日咱们便不醉不归!"

我说得豪迈,举酒坛子的姿势也豪迈,可惜还没等我把酒坛子举起来,就觉得手上突然一轻,酒坛子被旁侧一只大手夺了去,身后是霁王不悦的声音:"太子妃不可当众醉酒失仪,何况,我与三弟从未像今日这般舒畅开怀,这坛酒理当由为兄敬三弟。"

他们二人越过我,就直接开始一坛接着一坛地灌起酒来。

间或天南海北地聊些我不曾参与过的陈年旧事,好比幼时谁挨了皇上的板子,谁又捉弄了教授课业的夫子。

我还记得从前,我头一回在建康宫见到他们二人时,皇上正在御园摆了射

猎比试，他们二人弯弓射灰雁，一个刻意谦和有礼，一个刻意锋芒毕露，如今看来，他们素日表现给旁人看的，全都不是真正的自己。

　　好在一场虎牢关之役，令兄弟二人解开少许心结，能在这样一个大捷之后的庆功宴上对坐共饮、闲话家常，总归能得到这片刻的抒怀惬意，于规矩礼教森严的皇家而言，已是十分难得。

五

此战,魏国北方城池连日暴雪,突发雪灾,饥民遍野,本就于战事不利,又逢吐谷浑增兵驰援,魏军彻底没了胜算。

拓跋嗣是个聪明人,不日便宣布停战撤军。

而霁王的归期已至,我本意是将他的坐骑踏雪还给他,横竖边关停战,我若回程,必是端端正正地乘马车回建康,再也不需要亲力亲为地骑马。但霁王竟然不许:"踏雪既然赠你,岂有讨回之理?"

我闻言一喜,学着他的狐狸笑说:"原本以为踏雪是你借给我的,假意还一还,做个试探,既然是送给我的,那我便坦然受了,谢啦!"

他兴许是瞧着我的狐狸笑格外可亲,这一刻眉眼温柔,望着我说:"你我何须试探,又何须言谢。"

我指指头上的银杏叶簪子:"有它为凭,自然是不需要跟你客气的。"

不远处颜洲备好马,与正在等我回营的陆九迁并排站在一处,只不过这两人仿佛是在站军姿,个顶个地笔直如松,都在目视前方,谁也没理谁。

陆九迁自从知道我把他男扮女装之事告诉了颜洲,就险些背过气去。等他再见到颜洲时,神情就不太自然了。

颜洲也是个忍耐性子,既然答应了保守秘密,就未曾多提一个字。

可怜陆九迁想要解释都寻不着合适的机缘,如今好不容易碰面,气氛更是僵持起来。

眼下临别,霁王与我约定:"不日大军凯旋,我在宫中为你备洗尘宴。"

我听到洗尘宴,就顾不得陆九迁了,赶忙说:"宫中宴饮,向来是把好端端的大肉切成指甲盖那么小,还只挑三五块,摆在精致的大盘子里,动辄半炷香的时辰只能夹一两筷子,根本吃不饱。若你真心想准备洗尘宴,就在御园里寻个开阔处,请位擅长烤全羊的御厨,摆开架势,叫上梧桐,咱们一起,像从前在花萼楼那样,好好热闹一番。"

霁王知道我贪吃的本性难移,无可奈何地说:"好,依你。"

　　我只觉脚下这光秃秃一片小山包，瞧起来都格外亲切顺眼，便与他击掌为盟："一言为定。"

　　是日晴空朗朗，积雪尽去，冬阳透过叠云投下暖融融的光。

　　我目送霁王策马离去，直到眼前的颀长身影化作天地间一个微末的白点，这才舒展筋骨，与一旁发了半天呆的陆九迁一同"打道回府"。

　　如若一切可以停在此处，当真是再圆满不过。

第七章 始料未及

一

庆功宴后，众人忙着清理战场，加固城墙，重新布防，倒是也没有立刻松懈下来。

不过这些活计劳神费力，翊王便以我有伤在身，需要静养为由，坚决不许我插手。

我每日躺在鹤林别馆里晒太阳，瞧着日头从窗棂踱到床脚，再从床脚踱回窗棂，只觉得这样无所事事的时光实在难挨。

好在鹤林城中，战乱带来的阴霾也已散去，市井间百姓相见，面上多了许多笑意。

一切回归正轨，处处顺心称意，唯一的憾事便是陆九迁近日不断收到书信，他父亲陆老爷子大寿在即，这陆家唯一的儿子不得不回去筹备大寿。于是这日，陆九迁换了陆家少爷的奢华常服，亲自拍门，向我请辞。

他大约以为这次大寿之后，他还能找个由头溜回来，继续待在我身边，所以请辞请得很是敷衍。

但我先前哄他扮作宫女陪我渡过了许多道难关，如今他父亲大寿之后，只怕便要将陆家的生意正式移交到他手中，我自然不能继续留他在身边做一个位卑言轻的小宫女，所以这次请辞，只怕是要久别。

所以我酝酿一番，拍拍他的肩说："小九你也长大了，该担的责任总要担起来，我原本可以替你写封'练功走火入魔，急需遁入深山闭关数年'的家书，但仔细想想，向长辈说谎总归不好，我们习武之人，讲究一个'行得端，坐得正'，再者师父也跟你爹说过，以你的资质，很难练到'走火入魔'那一层，纵使我写了，你爹多半也是不信的。"

陆九迁回过味儿来，悲喜交加："小团子你怎能出尔反尔？当初你求我入宫帮你时，可不是这么说的，你这样做，跟外面那些始乱终弃的负心汉有什么区别？"

我眼睁睁地看着一身男装的陆九迁扭腰揉着袍角，做梨花带雨状。我的嘴角便抽了抽："你等等，你现在这个样子，我真的很替你的双腿担忧，要是你一时半会儿改不过来，在你爹面前'嘤嘤嘤'三声，只怕这双腿就要废了，你还是趁着双腿健在，多为自己积点儿口德吧！"

陆九迁知我心意已决，神情颇悲伤，轻咳一声，换成男子腔调说："小团子，如今我就要走了，日后没有我在你身边出谋划策，你切记万事小心，不可轻信于人，商曜和钟吾底细干净，可以托付，至于楚禾，年月太远，只知道他自小便在军中，其余的，你自己多上心些。"

我被他的情绪感染，正在伤春悲秋之时，只听他说："罢了罢了，万般相聚，终有一别，眼看着你也长大了，我以后只怕不能再叫你'小团子'了，便叫你……'团子'吧。"

说完不等我拒绝，他利落地抱拳："团子，告辞。"

我牙根儿差点儿被他气痒了："滚。"

他一蹦离我三丈远："得嘞！"

彼时我俩皆是满面笑意，别馆的小院里洒了一庭暖洋洋的日光，他穿着碧水长衫，与远处浅蓝的天光几乎融在一处。我笑着朝他挥手作别，他亦回给我没心没肺的笑靥。但车驾渐远时，我没有目送他，而是独自背过身去，将刺眼的阳光留在身后。

就好像是，往后前路，也只留下我一个人走。

自打陆九迁走后，我身边原本的热闹就荡然无存。

耳根子突然清净下来，我一时之间还有些不适应。

翊王忙着写冗长的奏报，整理功劳簿，派传令兵八百里加急，呈至御前，以便日后论功行赏。我提前打了招呼，让他把我这个监军的所作所为尽可能抹去，最好是奏报上压根没有我的名，如此才是妥善保命之道。

而商曜和钟吾则忙着整饬东宫亲卫军，将阵亡的兄弟带回建康安置。

商曜是皇上心腹之臣，我生怕好不容易在翊王那处抹掉的痕迹，又在商曜

这里露了馅,便提前拜托了商曜,不要将我此行的出格举止奏报皇上。

商曜闻言,难得笑了笑,我被他笑得浑身不自在,忍不住问:"哪里好笑?"

商曜止了笑,面色如常地说:"我原本以为你天不怕地不怕,看来世上竟也有能让你惧怕之事。"

此时我经历了诸多变故,身边人事全非,哪还能像从前在青吾一样张牙舞爪、为所欲为?便叹了口气说道:"人活在天地间,纵使不信鬼神,也要敬畏生死,哪能真的什么都不怕呢?再者说,很多时候,你瞧着我好像勇气可嘉,悍不畏死,其实我背地里吓得腿肚子都抽筋了,但碍于人前,不得已,只能靠一口气强撑着罢了。"

许是我把自己说得太苦,让商曜有些动容,他温声说:"你幼时朝中生变,恭帝禅位,从一国公主流落为青吾小民,如今重回建康,小小年纪却又坐上太子妃高位,其中几多变故,非常人所能忍,也非常人所能及,我自然希望你今后事事顺遂,所以待回宫之后,我会将这段时间发生的事,酌情说给皇上听,既不违背臣子之职,也不辜负朋友之义。"

得他这一番承诺,便是千金也换不得,我自然感激:"如此,多谢商大哥。"

他踌躇一步:"过几日回宫,殿下便是殿下,切不可在人前,以'商大哥'称呼属下。"

我笑道:"好说好说,回宫之后,我便还是叫你商大人,但如今没有外人,商大哥依然是商大哥。"

他拗不过我,便拿出手上几件需要我定夺的军务,一一与我商讨之后,风风火火地往守军那处去了。

二

我瞧着众人忙碌,唯独自己清闲,心里颇有些过意不去,正想着有没有什么小事能帮得上忙时,楚禾匆匆而来告诉我一件急事:"刚才手下有人奏报,鹤林城西郊发现了可疑之人,似乎是魏国细作,便是从上回咱们跃下去的那处悬崖附近发现的,说不定是魏国的高手,从朔方城攀了峭壁爬上来的。"

我一听,这事我还算力所能及,便跟楚禾说:"既然'怀疑'是细作,便是尚未下定论,这等小事不必惊动翊王了,我先去看看再说。"

楚禾面上神情微动,许是不放心:"属下跟大人一道去。"

我想也没想地说:"好。"便起身去了马厩找踏雪。

踏雪今日不知为何,闹了脾气,见我来牵它,一个劲儿地摇头摆尾,连我喂的草料都不肯吃。

我一想西郊不算远,耽搁了时辰只怕细作跑了,便也没有强求,换了一匹温驯的黑马,跨上马背,纵马出发。

身后的踏雪似乎发出一声嘶鸣,但我一心想着快些去西郊看看,便没有把踏雪的示警放在心上。

人都说许多大事发生之前,必有先兆。

我纵马跃上西郊悬崖时,但见崖上松柏成林,却无半声兽鸣,四下里安静得有些不同寻常,依稀林木掩映间,默然站了三个精壮男子,皆身着北魏军服,招摇得有些过分。

我正想回身跟楚禾打趣一句:"这么明晃晃的细作真是难得,好像生怕别人不知道他们是细作一样。"

可惜这句话堵在喉间,尚未来得及说出口,我便眼睁睁看着自己胸前戳出一截泛着银光的箭尖,箭上犹自带血。

思绪在一瞬间收紧,体内利刃的寒凉刺骨,接着才是血肉撕裂的钝痛。

而羽箭贯穿我胸膛时,气力之大,使我一个不稳摔下马背,右臂着地,

"嘎嘣"一声,手骨断裂,手臂脱臼。

但这些还不算什么,最令我惊诧的是,箭是从我背后射来的,可我背后并没有外人,只有楚禾!

那一刻,我心里率先升腾起的是疑问:"为什么?"

等反应过来,箭尖的冰冷入肉,刺痛之后才有了震惊、懊恼的情绪,我不可思议地抽剑指着他:"楚禾,我向来只将背后空门交托给最信任的人,你……你怎能……"

这时我才明白过来:"莫非西郊的细作,根本就是你为了引我来此而设下的圈套?"

哪里有什么细作?在场诸位,不过都是想置我于死地之人。

箭尖透骨而出,我低下头,捂着心口处,还是不死心地想问一句:"为什么?这些时日相处以来,我是把你当作自家兄弟看待的,倘若我有哪处做得不妥,你可否看在往日情面,告诉我,让我死个明白?"

我说这话时,语声发颤,许是身上的伤处太疼,我在青吾横行多年,何时吃过这样大的亏?但伤处的疼,远不及心里的疼来得剧烈。

那个初见时,在野湖边旧伤发作、面色苍白的楚禾,和后来朝夕相处,总细心照顾我,还为我偷偷藏了一块姜,硬要给我熬姜汤的楚禾,与眼下手执长弓、赠我背后一箭的楚禾,许多影子重叠在一起。

我只觉得生平没有这样委屈过。

楚禾持弓的手紧握得发白,他说:"大人,你不曾做错什么,是楚禾对不住你。我生来就是皇后娘娘豢养的暗卫,原本一辈子见不得光,就连你一直挂念的我身上的伤也是那时留下的。后来皇后娘娘入宫为后,我便被她安插于军中,得知大人要来虎牢关,我得到了第一个任务……皇后她从一开始便没有打算让大人活着回宫,我奉命暗杀大人,拖延到此时,不得不动手,我的家人都在皇后手中,请大人不要怪我。"

事到如今,我竟气笑了,以剑触地,支撑着摇摇欲坠的身子说:"原来是

第七章 始料未及

她啊。"

皇后娘娘自从被禁足之后,一直悄无声息,看似收敛了许多,大约也是兵法上的"示敌以弱",全是为了迷惑我,所作所为,不可谓不稳。

后来她联合星甸公主,将我在官中的牵挂一刀斩断,不可谓不准。

等我愤而离宫出征,她又在虎牢关为我备下一份大礼,选了楚禾这样一个身负旧伤、楚楚可怜的绝佳人选,在我最不设防时,给我致命一击,不可谓不狠。

只是楚禾出手时,弓拿得不稳,箭尖偏离了数寸,所以我身上的伤处,到底是没有伤及根本。

这大约也是楚禾手下留了情,不过碍于其他三名假细作在场,我也不能挑明,只说:"楚禾,既然各为其主,我不怪你,只是这一箭之后,你我的情分也到此为止。"

楚禾沉痛地闭了眼睛,再睁开时,那双清眸里的痛苦挣扎全然被冷漠麻木所取代。

亲眼见到这样一个干净纯粹、有血有肉、有情有义的人,被皇后所迫,成了一汪死水,我心中如何不痛?

楚禾走到我面前,高声说:"太子妃娘娘勿怪,黄泉路上走好。"便出招将我逼到悬崖顶上的绝路。

往后一步是万丈悬崖,积石犹在脚下震颤,楚禾最后出掌之前,低声在我耳边说:"大人此去若能活下来,莫要再回宫,我会回禀皇后娘娘,箭上淬了剧毒,见血封喉,大人断无生还的可能,这是楚禾最后能为你做的事。"说罢一掌挥出,不等身侧那三名假细作反应过来,便干净利落地将我击落山崖。

坠崖之前,以我耳力,尚能听见其中一名假细作怒斥道:"你忘了主子的话,活要见人,死要见尸?"

楚禾凄楚一笑:"一时失手,铸成大错,我甘愿与你回去领受主子的处罚。"

耳畔风声如诉,眼前纷繁乱影。我只觉全身上下处处是伤,无处不痛。

意识涣散之前,依稀有个白袍银甲的人影,他在我耳边说:"团儿,别走……"

我努力睁开眼,徒手去抓半空的人影,下意识地施展轻功,借了几枝横生的老树,缓冲了下坠的力道,但终是流血太多,气力不济,重重落在崖下的积雪堆里,昏了过去。

三

周身彻骨地冷，伤口止不住地疼。

我在梦里死死抱着自己，瑟缩成一团，还是觉得冷。

身侧似有火光，生出微弱的暖意，我在迷迷糊糊间，忍不住朝那火光靠拢过去，便听得耳畔有人惊呼一声："快来人啊，姑娘的衣袍被炭火烧着了！水呢，快端水来！"

随即身上一凉，兜头一盆冷水，让我一个激灵清醒过来。

入目是锦缎绣成的床帐，帐上的图案与中原不同，颇有异域之风。我想抬手揉一揉酸痛的眼，可抬起右手，才发觉手臂上被人绑了夹板，绷成一条直线，半点儿都动弹不得。右手小指隐隐作痛，整只手掌不出意外，又被人包成了粽子。

我本以为坠崖之后流落山野便是最惨痛的结局。谁知眼下情形，比我预计的还要惨痛百倍，因为我这一番动静，惊动了这间屋子的主人，只听门外立时有急匆匆的脚步声传来，不等我艰难地转头朝门外望上一眼，便听得一个不日前才听到过的熟悉声音说："她当真醒了？随行的御医来了没有，快叫人去传。"

这两句话说完，拓跋嗣从门外大步迈进来，我绝望地闭上眼，突然连吃一口热粥的胃口都没有了。

拓跋嗣笑着坐在我床畔："你昏睡了整整三日，水米不进，御医说你今日若是再不醒来，身子虚耗太过，只怕药石无灵，幸而你醒了，我先前的工夫总算没有白费。"

我在这句话里听出了不寻常的意味，因而强撑着一口气问："你做了什么？既然出手救我，为何不将我送回大宋军营？"

拓跋嗣一边吩咐身后的侍从替我拿些吃食，一边伸手扶我靠坐在床沿，这才说："你从崖上落到朔方城外，被我的探子捡回来，人已经没了半条命，

我原本打算即日启程,回我大魏都城平城,但见你伤重,便耽搁了三日,我说过,若他日再会,定不会轻易放过你,如今你既然来了,便安心留下养伤。"

我只觉得喉间苦涩难言,身子发着高热,意识也不算清明,但总觉得哪处不妥,还是执着地问:"你可知道我是什么人?"

拓跋嗣坦诚地说:"原本确实不知,但那日朔方城分别之后,我便留心叫人打探过,宋军此次前来由宋帝第三子刘云诀挂帅,军中唯一的女子,便是领了监军之职的东宫太子妃,听闻先前率军伏击豹澥岭,解救平阳王的也是你,我素来惜才,听闻了你诸多战绩之后,越发觉得佩服。"

说话间御医背着药箱赶来,朝拓跋嗣行过礼后,上前替我诊治。

片刻后御医起身,松了口气说:"姑娘多年习武,身子骨强健,因而伤处已有愈合之兆,这要是换作旁人,只怕神医再世也无能为力。"

拓跋嗣喜道:"如此便好,来人,赏。"

御医赶忙谢恩,随后领了赏赐,下去抓药。

一通忙碌过后,拓跋嗣亲手端了一碗热腾腾的粥说:"你才醒来,一定饿了,快吃些东西,一会儿还要喝汤药。"

我总觉得方才他故意避重就轻,好像刻意隐瞒了什么。

大宋军中不能平白丢了我这么个大活人,纵使楚禾有意隐瞒拖延,也不至于三日过去,还没有动静。

若众人得知我坠崖的消息,定会前来搜寻,正如那名假细作所言,活要见人,死要见尸。拓跋嗣就算扣下了我,也知道必然会有人前来解救,他不像是个会给自己找麻烦的人,所以,在我坠崖昏迷之后,他一定还做了什么。

我下意识地伸手去摸发间的银杏叶簪子,果真不见了,就连原本的衣裳、怀里的行云令和"诏"字腰牌、腰间的十丈软红,也全都不见了。

我怒而将他手里的粥碗挥落在地:"你将我困在此处,改换形容,莫非是寻了一个身量与我相仿的女子,冒充我坠崖而死?"

拓跋嗣顿了顿,知道瞒不过去,便说:"你果真聪明,不过,随处寻个女

子冒充你坠崖，怎么可能瞒天过海？我不只是寻了这么一个满身是伤的女子，且还命人将那女子挂在大魏的朔方城门上，暴晒三日，以做威慑，就算宋人真能前来救你，到时只怕也认不出来。"

他此举，分明是在诛心！

若真有满身是伤的女子悬挂于城门暴晒三日，哪里还有命在？

我急怒攻心，呕出一口血来。

拓跋嗣忙命人拿了干净帕子，小心沾去我唇角的血渍。

我如今身受重伤，三日未曾进食，更加无力反抗。可想到军中众人，想到翊王、商曜……若他们得知我的"死讯"，且还是这么一个屈辱至极的死法，如何能承受得住？

我想到他们，就已经觉得心痛难抑，加之避无可避地想到宫中那个人……

四

霁王此时大约还在建康宫中等我,说不准已经备好了庆功宴,只等我凯旋,一同庆贺。

若他得知,我在此时身中一箭,从高崖坠落……

若他得知,我坠崖之后伤重不治,已经丧命……

若他得知,我身死之后仍不得安宁,甚至被北魏蛮人悬挂于朔方城门三日……

我甚至不敢想,这些消息一个一个被八百里加急的传令兵送到他手里,他会如何……

先前哪怕身上的伤处疼得撕心裂肺,我都不曾落过一滴泪,可是想到霁王,瞬间鼻头发酸,竟忍不住呜咽起来,我哽咽说:"拓跋嗣,你怎么能如此残忍?"

他收敛了面上的笑意,肃然说:"残忍?嗬,在我大魏,若想生存,头一件要学的事就是残忍,哪怕使些非常手段,能将你留在身边,我认为,值得。"

我无声地攥紧了拳,心痛到极处,已然发不出声来。我只盼着这样的消息可以迟一点儿,再迟一点儿,或是永远都不要传回建康去。

但事已至此,悔恨、难过又能如何?

良久,我望着床帐嗤笑一声:"罢了,既然落在你手里,便给我个痛快吧。"

拓跋嗣从身后的侍从手里接过另一碗粥,拾起勺子搅了搅说:"宋军此时已经知道朔方城门上挂的人是谁了,此刻群情激奋,势要我大魏给个说法,你说,我花了如此大的代价救下你,如何能半途而废?"

我冷然看他:"你留下我的命,有朝一日,一定会后悔。"

他饶有兴味道:"哦?我生平还未做过一件后悔之事,若有幸能'后悔'一次,倒也有趣。"

第七章 始料未及

我倚在床沿上,气力几乎耗尽,心中激荡过后,意识倒是清明起来。

此前我中箭坠崖,全拜皇后所赐,皇后将楚禾这枚棋子留在军中多年,处心积虑置我于死地,我既然九死一生留下一条命在,又岂能轻易求死,令亲者痛,仇者快?

更何况楚禾将我一掌挥落悬崖之后,定然隐遁而去,众人从这条线索入手,追查下来,或许能寻到些蛛丝马迹。

心里这么想着,便见拓跋嗣将粥碗重新递到我眼前:"纵使你心中不平,也应当先养好身子,再从长计议。"

我瞧着他如此殷勤,直觉哪里不对,便问:"你不怕我养好了伤,于你不利?"

他舀了一勺粥递到我嘴边:"实不相瞒,这碗粥里添了些软骨散,吃了也没旁的妨碍,只是压制内力,叫人筋骨酸软,使不上力而已。今后你吃的每一样食物,我都会叫人添上这样东西。既然知道你是桀骜不驯的鹰,我若想长久地将你留在身边,只能用这样的笨办法,先折断你的翅膀。"

原来如此。

我若吃下他给的食物,便使不上力气逃走,可我若不吃,恐怕连活命的机会都没有。

我别无选择,心道"只要活着,一切还有转机",便伸出左手接过粥碗,仰着脖子,一饮而尽。

拓跋嗣奇道:"方才还一心求死,怎么,这片刻就想通了?"

我狼吞虎咽地吃完了一碗粥,正是心气不顺的时候,便不欲与他多费口舌。

他笑道:"你能想通就再好不过,我大魏虽不比南宋繁花似锦,但也别有一番风致,待你日后到了魏宫,便可见识一二。"

我觉得我很有必要在此时打消他这样无稽的念头,所以很直接地对他说:

"恐怕要叫你失望了,我想活着,只是因为人活着,总还有希望,若死了,便什么都没有了。更何况,我相信有个人一定会来救我,若他来了,也决计不会轻饶你。"

拓跋嗣胜券在握地说:"一则,我已派兵困住刘云诀,拖得宋军精疲力尽,三五日后,你我已回到平城,平城固若金汤,岂容人轻易来去?二则,'大宋太子妃'的尸身已然挂在城门上,旁人自然以为你死了,又怎么会来救你?"

我摇头:"若真如你所说,翊王或许抽不开身前来,但另有一人,他一定会来。哪怕你将我的'死讯'传得天下皆知,他也晓得我还有大业未成,舍不得轻易就死。"

拓跋嗣被我的一番豪言逗笑了:"倘若真有这样一个人,他知道你还活着,且愿意不遗余力地救你,能不能救成是一说,纵使真的救你回去,面对南宋朝中的那帮老顽固,只怕大宋皇帝头一个便会要你自绝以谢天下,来保全皇家的清白名声。"

他说的是实情,宫中规矩森严,曾有女子流落贼寇手中,为保清誉,举身赴死。

但我仍相信:"即便他知道就算救回我,'太子妃身陷敌营数日'的名声,于我有损,或被有心人说道,积毁销骨,得不偿失,他也会来救我,正如我俩若易地而处,我也会拼尽全力救他一样。"

拓跋嗣闻言,隐有怒气:"若我将你困在后宫,将这名声坐实呢?"

我到此时才终于重燃斗志,笑说:"那也不过是待来日他救我之时,是否会留你性命的区别。"

拓跋嗣霍然起身:"你何来的自信?若他不来呢?"

我昂然与他直视,一字一顿,铿锵有力地说:"他会来。"

霁王会来。

拓跋嗣甩袖离开之后,我又服了御医熬好的汤药,老老实实让服侍我的侍

女换下我身上洇血的棉布,重新在我的伤口处上了药,包扎好。

等做完这些,侍女兰若便朝我屈膝道:"姑娘,王上说,耽搁了三日,不能再拖,一炷香后,便让众人乘车马返回平城。姑娘的行李,奴婢已经收拾妥当,请姑娘准备准备,即刻启程。"

我原本想借着养伤,能在朔方城多留几日,到时守备松懈,总能寻到机会逃出去。

没想到拓跋嗣走得这样快,一旦离开朔方城,向着北方平城而去,我便真正踏上北魏的国土,与大宋越行越远。到时,就算能寻到机会逃出去,只怕也难顺利返回鹤林城了。

但,既来之,则安之。

我扶着兰若的手,小心翼翼地迈上马车。

五

拓跋嗣的车驾在我之前，许多魏兵守卫在他的车马两侧，随着车铃轻响，马儿扬起四蹄，"嗒嗒嗒"地踏着朔方城的石板路，朝着平城而去。

这一路，我想了许多，也做了许多。

当初坠崖之后，醒来见自己身处魏营，我便只想着敌我之分，想着绝不能落在拓跋嗣手里，给他要挟大宋的机会，加之后来急怒攻心，便想干脆死个痛快，幸而及时回过神，才觉得一死固然容易，但活着面对绝境，活着等待时机，才是我必须要做的事。

既然拓跋嗣留我一条性命，那么我便姑且忍耐，静待时机。

想通了这一切，我心中稍定。

但所谓"时机"，除了仰仗天意，我也应当靠自己努力争取。

如今身上别无长物，无法留音讯与故人，我便一边养伤，一边在沿途城镇想法子闹出些动静，一路向北，一路留下些茶余饭后的谈资，这样一旦有人追查而来，便能在北魏百姓的口中，查探到我的消息。

车马越往北去，朔风越凛冽。

兰若一早为我备好了挡风的胡裘，细密的兽毛围拢在领口，挠得脖子脸颊直痒痒。

这日途经闹市时，街巷两侧有亲卫军开道，百姓夹道观望，数辆马车首尾相接，前呼后拥，颇有气势。

我故技重施，趁人不备寻了个妥帖的姿势一跃摔下马车，后头的马车避让不及，马儿当街扬蹄长嘶，马蹄险险擦着我的脸侧落下，溅起的小石子被寒风吹得锋利如刀，在我脸上刮出几条血痕。

围观的百姓一时慌乱，人群中发出数声惊呼，好在有惊无险，我落地之后，避开要害，只受了些小伤，不过大好时机不能错过，我便立时整理心绪，坐在众目睽睽之下，放开嗓子，号啕大哭起来。

一路北行，这法子我用了数次，每每途经闹市，便如法炮制，闹上一番。

134

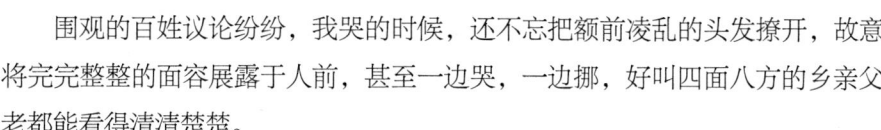

第七章 始料未及

围观的百姓议论纷纷,我哭的时候,还不忘把额前凌乱的头发撩开,故意将完完整整的面容展露于人前,甚至一边哭,一边挪,好叫四面八方的乡亲父老都能看得清清楚楚。

拓跋嗣也听到动静,如先前一样派人来扶我回去,但这次的城镇比以往大了不少,围观的百姓也多了数倍,我只觉得机会难得,哪能这么容易就范?便死死抱着半边车轮子,拖延起时间来。

拓拔嗣派来的人架不住我的胡闹,又不敢真的上手伤了我,一时竟然愣在当场束手无策。

这么一闹,眼见着天色将晚,若耽搁了行程,只怕赶不到下一个歇息的驿站。

拓跋嗣便忍无可忍地亲自前来扶我,扶不起来就干脆俯身抱起我,任由我拳打脚踢地挣扎,眼皮都没眨一下。

末了我被他强行抱上最前头那辆御驾所在的马车,丢在厚实的软垫上。

随行的御医擦着汗赶来给我诊治,脸上的小伤涂些药膏便可,身上的伤处没有裂开,就没有大碍。

拓跋嗣挥挥手叫御医退下,又怒气冲冲地拿起御医留下的药膏,替我涂抹脸上伤处。

车驾重新启程,宽大的马车上只剩下我和他两人,这情形着实令我始料未及。

拓跋嗣一边将清凉的药膏涂在我脸上,一边语气不善地说:"大宋的皇帝只许你一个小小的太子妃之位,你便如此为他卖命,若哪一日,我许给你大魏王后凤位,你是不是也能拿出几分真心,好好待我?"

我不客气地说:"大魏的王后凤位可不是人人都能坐的,我听闻王上已有子嗣,却还未立后,由此可见,跟着王上的女子未必有好出路,所以我自然还是乖乖做我'看得见摸得着'的大宋太子妃,切莫做那等'吃着碗里瞧着锅里'的贪心之人。"

我说得情真意切,拓拔嗣却显然听得有些恼火,但他碍于君子风度,无法发作,只得说:"你当真以为'太子妃'便是'看得见摸得着'的高位?且不说如今大宋未立太子,你这'太子妃'只是个虚职,即便有一日立了太子,你怎知其中又会生出怎样的变化?万一太子心有所属不愿与你成婚,又或者即便顺利成婚,熬到大宋皇帝行将就木之时,这'太子'是否会因为犯了什么过失从东宫太子贬为庶民,或是满门处死,到那时,你又该如何?"

诚然,自古以来御极之路多半坎坷,这其中"失之毫厘,谬以千里"的例子不胜枚举。

拓拔嗣接着说:"从'太子'到最后顺利即位为帝,其中波折变故何其多,你与其等一个遥遥无期的渺茫机会,不如做我这现成的大魏王后。况且,我一生征战,只为早日实现天下一统,有朝一日,你或可成为整个中原天下的王后,岂不比如今这个小小的太子妃来得快哉?"

这便是拓拔嗣的威逼利诱之术,沿途以来,寻着机会他便要与我说道一番,所以听到这里,我的内心毫无波澜。

拓拔嗣见我面色如常冷漠,语声也跟着冷了些,颇为自负地说:"大宋皇帝许给你太子妃之位,是为了你身后的晋朝势力,也是为了将你搅入朝局,做个平衡各方势力的小棋子而已。我且问你,这天下若为棋局,你是愿做棋子,还是与我一起做这执棋之人?"

他大约是一连多日吃了我不少的闭门羹,所以这回"威逼利诱"开出来的价码委实令人动心。

但富贵荣华于我而言,皆为浮云,不论是大宋太子妃,还是大魏王后,在我眼中,都不过是毕生困在后宫小小天地之间,抱负不得施展,还要终日与丈夫的嫔妃们争风吃醋的可怜人罢了。

若当真可以选,我倒宁可毕生不入宫门,纵横驰骋于大好河山,平"不平之事",尽"快意恩仇",方不负此生。

不过,如今经历了诸多人事,我已明白"快意恩仇"的愿望实难企及,

第七章 始料未及

天下局势如此,四方征战不断,黎民百姓多半陷于水深火热之中,我既然一只脚迈进了建康宫,便应当肩负起身上的责任和使命,所以我答:"天下在你眼里,是输赢之争的棋局,在我眼里却不是。"

拓拔嗣未料到我会拒绝,重新审视我一番:"哦?"

我坦然地直视他,轻声却坚定地说:"我的愿景,从来都是万民安乐,无关输赢。"

一

抵达平城之时，已是深冬。平城数日前刚落了一场急雪，天地间白茫茫凝成一线，沿路雪挂雾凇，马蹄在积雪之中深一脚浅一脚地腾挪，马车随之摇摇晃晃，晃得人直头晕。

自从那日被拓跋嗣拎上御驾所在的马车，我便破例与他同乘，自此被他看管得严严实实，再也没有机会摔下马车闹一番事。

彼时他以天下比作棋局，问我可愿与他一道做执棋之人，我本以为利落地拒绝之后，他便能死心作罢，谁知他最后竟然给我下了这样一句结语："想与朕坐拥天下之人数不胜数，你是唯一一个敢于直言相拒的，朕从前只觉得你有趣，如今看来，你当真是与众不同。"

我觉得他这样的想法很危险，为了打消他的念头，我故意当着他的面失仪，好比说吃饭时故意把菜拨得到处都是，还把汤水洒他一身。

我以为这一番苦心总能将他吓退，可他倒好，见此情形，竟然含笑接过我手里的碗筷，摆开架势，打算亲自喂我吃。

我扶额一阵心绞痛，干脆装作晕车，一口都吃不下，后来又把脸扭到窗外，数着眼前一棵一棵的白头松树，直到马车进入北魏腹地以后，才好不容易寻到一次逃跑的时机。

犹记那时，拓跋嗣放松了警惕，我便趁众人休整时，偷了随行的一匹马，二话不说骑上便跑，马儿随之扬蹄跑出数里。

本来一切很顺利，可惜我千算万算，没有料到，我在群马之中偷的这一匹恰好是拓跋嗣的御用坐骑，御马丢失是大纰漏，看管马匹的亲卫立刻察觉不对，身后马蹄声四起，就在我孤注一掷打算最后一搏时，身下马儿长嘶一声，被拓跋嗣一声短哨召唤，乖乖掉头，驮着我就风风火火地回去了……

经此一事，拓跋嗣以为我喜欢骑马，竟也弃了马车，兴致勃勃地打算与我一道骑马回程。

值此天寒地冻之际，长途跋涉却没有遮风的马车，那是何等辛苦。

第八章 初来乍到

不等我叫苦,拓跋嗣翻身上马,与我同乘一骑,还十分贴心地将他身上的宽大胡裘抖开,将我一道裹起来。

我只觉得浑身上下哪儿都不舒服,只得使出浑身解数吓唬御马,奈何御马训练有素,见惯了大场面,无论如何也不肯受惊。我无奈之下再次装晕,这才蒙了大赦,重新坐回马车里去。

以我这般锲而不舍的劲头,却屡战屡败,足可见世道何其不公。

后来车驾行至平城巍峨的宫门前,我总算垂头认命。

算起来,我这前脚迈出建康宫才不过数月,后脚又要迈进魏宫,可叹我生平最不愿受拘束,却屡屡与这天下最最拘束的皇宫结下不解之缘,委实是令人扼腕。

魏宫中的相辉宫早已收拾妥当,我与兰若并一众宫人被安置在此处。

住下的当晚,我便重燃斗志,心想:从前进建康宫时,念着我那远在青吾的爹,生怕自己行差踏错连累了他,所以不得不循规蹈矩,活得谨小慎微,但如今的情势全然不同,我进魏宫,是不得已而为之,若是能因为屡犯宫规而被拓跋嗣逐出宫门,是正中下怀之事,所以在魏宫之中,我根本不必守什么劳什子规矩,反而是越出格越好,越闹得不可开交越好。

这么一想,我便叫来兰若,决定打探一番魏宫的虚实。

因而我说:"我初来宫中,不知可有哪处禁忌需要避讳,好比说宫中太后最恼怒哪些人哪些事,你说得详细些,我好一一记下。"

我问得兴致高,盘算着若能一举将这宫中最有话语权的太后得罪了,那距离我被逐出宫门就不远了!

哪知兰若却说:"宫中只有保太后,不曾有太后。"

我闻言一怔,奇道:"何谓'保太后'?"

兰若解释说:"保太后便是王上的乳母。"

如此一来,我就更好奇了:"王上的生母去哪儿了?"

兰若欲言又止，架不住我追问，只得压低声音说："姑娘有所不知，先王担忧幼子即位，有外戚祸国之患，因而魏宫之中，向来有'立子杀母'的旧例。天赐六年十月，王上被先王立为太子，生母刘贵人因而被赐死，刘贵人死后一月，王上即位，追封刘氏为宣穆皇后，也便是太后。"

古有西汉吕太后擅权干政，汉武帝刘彻引以为鉴，后来立太子时，未免重蹈覆辙，下令赐死太子生母钩弋夫人，也便有了"立子杀母"这一说。

但史据不可考，也有人说钩弋夫人是因犯过错，抑郁而亡，所以到如今，若不是亲耳听闻北魏宫中事，我对"立子杀母"这一惨无人道的规矩，还是半信半疑的。

乍闻此事，我不由得怒道："想不到大魏君王，竟一个比一个冷血，先王如此，王上也是如此。"怪不得拓跋嗣曾说，在大魏若想生存，头一件要学的事就是残忍。

兰若却急急解释道："并不是姑娘想的这样，王上年少时秉性良善，与冷血杀伐毫不沾边。当初王上知道刘贵人被先王赐死后，悲伤不已，因而被先王怒斥出宫，受了许多苦楚，性子这才大变。"

实际上，我对于他性子如何压根儿没有兴趣，于是摆摆手说："罢了，既然没有太后，那宫中可有位高权重的宠妃？"想来，若有幸能得罪宠妃，也算是殊途同归。

兰若便说："王上妃嫔虽多，但向来以国事为重，甚少流连后宫，若说宠妃，那便只有姚妃了，姚妃从前是后秦西平公主，王上费了许多力气求娶而来，身份贵重，自然恩宠最盛。"

我若有所思，自古不论前朝还是后宫，都最讲究一个势力均衡，料想北魏后宫也当如是，绝不可能只有一个宠妃，却无人与她制衡。

我想了想道："听闻王上已有长子，不知诞下这位长子的又是何人？"

兰若有问必答："回姑娘的话，是贵嫔杜氏。"

二

我先前在建康宫时,眼见着陆九迁仅凭一己之力,三日不到,便收集了满宫的情报。

在他的言传身教之下,我如今搜集情报的本事也见长,第二日天快亮的时候,已大致理清了魏宫的势力分布情况。

姚妃姚璃,后秦公主,自视甚高,性子难免嚣张跋扈。贵嫔杜语欢,因位分在姚璃之下,常受欺压,性子就胆小怯懦得多。而杜语欢诞下长子,分去拓跋嗣大半恩宠,因此时常惹得姚璃不快,两人常有龃龉。

这日用早膳时,我心想,"姚妃",谐音"妖妃",实在不算吉利,哪知这道念头才刚冒出头,宫门外就响起一声通传:"姚妃到,请姑娘速速出来相迎。"

听说宫中每次有女子初来,姚妃便会亲自上门垂问,传闻中所谓的"下马威",这便来了。

兰若神情紧张地跑来扶我:"姑娘快些出门相迎,姚妃不是好相与之人,姑娘言行切记当心,一旦被姚妃挑出错漏来,满宫都要跟着遭罪。"

我端着粥碗,岿然不动:"既然是她主动上门拜访,哪有要我出门相迎的道理,不过……"我故意顿住不说下文,听得兰若焦急万分:"不过什么?"

我笑说:"不过我觉得今日的白粥不错,酱菜也甚合口味,兰若,你快到后厨多盛些,一会儿姚妃来了,咱们请她一道吃。"

兰若抹了把额上的冷汗:"姑娘快别说笑了,这宫中,还从未有人敢让姚妃等在门口的,你再不起身,只怕……"

她的话未说完,就听"哐当"一声,宫门被人一脚踹开,几个力大如牛的仆妇叉着腰站在宫门口,其中一人开口怒斥:"好一个不懂规矩的卑贱女子,当宫中是何地,岂容你放肆?"

这道怒斥声如洪钟,气势如牛,我忍不住为她叫好道:"这位大娘好气量,凭你的本事,若是去往前线平地一声吼,约莫能吓退宋军无数,也不至于

令魏军束手无策，空手而回。"

我一边说，兰若一边扯我的袖角，暗中挤眉弄眼，大抵是叫我收敛。

我不着痕迹地将袖子从她手里抽出来，不只没有收敛，还故意探头探脑地张望了一番，对着最后面站着的一名仆妇，恭敬行礼道："瞧您的衣着打扮格外贵重，想必就是王上最为宠爱的姚妃娘娘，小女子花团初来乍到，能一睹娘娘真容，委实荣幸之至。"

那名仆妇闻言，面上已经渗出汗来，吓得一动不动，连话都说不出来。

我兴致大发，笑容满面地恭维道："娘娘果真擅于保养，面容当真年轻，瞧着与王上颇为登对，无怪乎王上格外宠爱您。"

这话落下，宫门外头传来"啪嗒"一声，是姚妃捏断了一截护甲。

只见姚妃径自迈下步辇来，扬手给了那名仆妇一巴掌，折断的护甲在仆妇脸上划下长长的一道血痕，不用瞧也知道，那仆妇的面容算是彻底毁了。

我有些于心不忍："这位娘娘好生霸道，怎么能在宫中随意动用私刑？"

姚妃闻言一笑，柳眉杏眼，眉心一点胭脂红，端的是一副倾国相貌，她轻拈兰花指，摘掉那截折断的护甲，弃于脚下道："宫中平和日久，本宫许多年未见如你一般的硬骨头，只是不知，是你的骨头硬，还是本宫的脊杖硬。来人，给本宫拿下这个目无尊卑的贱婢，杖刑一百，略施薄惩。"

我被她逗乐了："杖刑一百，才算略施薄惩？那不如你杖刑三百吧，叫你身边的仆从尽数过来，我便让你瞧瞧，我的骨头到底有多硬！"

姚妃冷哼一声，她身侧的五六名悍妇便齐齐往我身上招呼。

我如今吃了拓跋嗣的软骨散，使不上力气不说，连素日护身用的十丈软红也被收缴了，手无寸铁，只能任人宰割。

那我为何还要故意招惹姚妃呢？全然是我笃定，我身后的侍女兰若是个不折不扣的练家子，她素日隐藏实力，又是一副柔柔弱弱的模样，更加对我知无不言言无不尽，大抵是为了让我放松警惕，引她为知心人。

第八章 初来乍到

可惜这一招，楚禾早已使过，我也有了免疫力。试问以拓跋嗣的性子，忌惮我身上的武功底子，不惜使出软骨散这样的阴损招数，又怎会挑选一个手无缚鸡之力的侍女贴身看护我呢？

果不其然，我蹲在原地放弃抵抗，抱住脑袋的当口，兰若一跃而起，横脚踹倒了最前头的两名仆妇，又出招击退了其余几人，不过片刻工夫，先前还张牙舞爪的仆妇们，在我眼前哀号着倒了一地。

我拍拍衣上的灰尘起身，负手站在姚妃面前，"啧啧"一笑说："娘娘可曾见过那素日爱招摇的开屏孔雀？不瞒你说，那孔雀开屏之时，花枝招展，便如娘娘方才的飒爽英姿，可殊不知孔雀只顾着人前好看，全忘了背后的丑陋。世人都笑孔雀开屏，乃是自作多情，不知娘娘方才一番训示，比之这孔雀，哪个更胜一筹？"

众人只瞧我滔滔不绝说得兴起，直把姚妃说得火冒三丈，但她抖着手遥指着我，口中只能吐出几个颤着音的"你"字，可"你你你"了半天，也"你"不出个下文。

像她这般正统出身的公主，平日里如众星拱月，哪个敢惹她半分不快？所以临阵耍嘴皮子的功夫，哪能及得上我？

我收拾思绪正待"大展宏图"，谁料不等我再开口，宫门外又有人一声呵斥："大胆，见了王上御驾，还不让行？"

姚妃方才还一副嚣张跋扈的模样，听了这一声呵斥，转眼就换了一副梨花带雨的委屈形容。只瞧她抚着胸口，攥着绢帕，哭哭啼啼地去找拓跋嗣诉苦，我觉得我还是低估了她，这变脸的本事，实在是非寻常人可及。

因隔着众人，我不知道姚妃小声在拓跋嗣耳边说了什么，拓跋嗣脸色越来越青，抬眼望见我，眸中意味不明，但显而易见是面色不善。

我哪是站在原地等人当靶子的人，立时拽起趴伏一地的仆妇，毫不犹豫地丢至相辉宫门外，然后大手一挥阖上宫门，又在宫门上插了门闩，结结实实地把一众不速之客拦在门外。

兰若见状，十分不安地说："姑娘此举，是为不敬，王上他……"

我轻咳一声道："王上只是路过，更何况我病了，高热不退，病得不轻，若有人来问，你就这么回，我自去睡了，若再有人扰我清梦，唯你是问。"

兰若方才在我面前展露了身手，正是心虚之时，见我如此坚决，也不好再劝。

我睡了个回笼觉起来，发觉宫中内侍待我的态度越发恭敬，一问才知，经过先前一番闹腾，非但我没有挨罚，反倒是姚妃被拓跋嗣禁了足。

须知姚妃一贯在宫中是横着走的，她若说天上的月亮是方的，便没有人敢当着她的面说月亮是圆的。

如此骄横之人，在我手里吃了瘪，怎能不生恨？

我只觉得多日来，未曾如今日这般痛快，只等着姚妃一朝解禁，气势汹汹地回来，一举将我逐出魏宫才好。

三

我因着心里畅快，便想万无一失地再多招惹几个妃嫔，惹个众怒，到时叫姚妃一呼百应，好更加稳妥地让我在魏宫再无立足之地。

打定这样的主意，我便叫兰若为我梳洗打扮一番，插上满头珠翠，专挑人多的地方去。

宫中人最多的地方无非有两个，一个是花草繁茂的御园深处，一个是御驾所在的御书房门外。

只是如今隆冬时节，御园内百花凋敝，实在没有什么可观的景致，又因为独得圣宠的姚妃被禁足，王上身边无人争风吃醋，各宫妃嫔瞅准时机，纷纷携着宫女在御书房外头晃，只等着拓跋嗣批完折子出门，好迎上前去，来个巧合邂逅。

但见御书房外，紫衣夫人、黄衣夫人、绿衣夫人、红衣夫人，个顶个儿地娇俏可人。

兰若跟在我身后，小心地觑着我的脸色说："姑娘千万不要误会，这些夫人都是臣下或周边小国进献而来，王上为表宽仁，不得不收的。而且王上素日待在太华殿，这些夫人常年见不到王上一面，也许是骤然听闻姚妃禁足，这才聚集在此处。"

我哪顾得上什么误会不误会，一心念着此时刚过晌午，妃嫔们聚在御书房外，整个后宫正是空虚之时，当真是天助我也，二话不说，便领着兰若扭头挨宫挨室地上门挑衅，诸如打翻了西宫娘娘视若珍宝的一盆白玉兰，放跑了东宫娘娘悉心养育的一只金丝雀这类的，且辛辛苦苦忙到入夜才回相辉宫。

原以为等着我的，是各宫娘娘的合力声讨，但相辉宫外平静如常，宫门前悬挂的两只灯笼早已燃起烛火，门口甚至还有等候我归来的两名内侍，遥遥见着我，一个拿着胡裘，一人提着宫灯，迎上前来。

想不到经过姚妃禁足一事，众人揣摩了一番拓跋嗣的圣意，就算我在宫里

横着走,也无人敢说半个不字。

为此我很忧愁,不知我"因犯众怒,被逐出魏宫"的大计何时才能完成。

不过听闻这夜,拓跋嗣被众妃嫔围堵在御书房,也是一步都不曾迈出,想他堂堂北魏君王,尚不能随心所欲,我这小小挫折,便不足挂齿了。

而且劳动大半日,这夜我难得睡得踏实,第二日半梦半醒间,只觉头顶上悬着一个小脑袋,小脑袋的主人正拿着一根鹅毛挠我的痒痒。

我鼻尖一动,忍不住打起喷嚏,"小脑袋"跟着一缩,肩膀微颤,似乎是在极力忍笑。

岂有此理!

我翻身坐起,一手拎起这个小家伙,一边高声唤道:"快来人,瞧瞧这是谁家的娃娃?胆大包天,竟敢跑到我房里来!"

兰若闻声推开门,瞧见小家伙瞬间倒吸一口凉气:"姑娘快放手,别伤了小殿下,这是王上的长子,皇子焘(dào)。"

我又仔细打量了一番这个五岁大的小人儿,肤色极白,像他父王,眉眼还没长开,倒已有几分俊朗模样。

相辉宫外立时有人通传:"杜贵嫔到。"

皇子焘闻声就耷拉下脑袋。

我一边让兰若替我更衣,一边牵起皇子焘软乎乎的小手,去见他的娘亲杜语欢。

杜贵嫔已至正厅等候,见着皇子焘,悬着的心放下,立即朝我行礼道:"我儿贪玩,惊扰了姑娘,还望姑娘恕罪。"说罢朝皇子焘唤了一声:"佛狸伐,还不快过来,给姑娘磕头请罪。"

我自打来了魏宫,还是头一回见着位分尊贵的娘娘待我如此客气,忙摆手说:"贵嫔娘娘言重,小皇子活泼可人,怎么能算是惊扰?娘娘方才唤他'佛狸伐',莫非是皇子焘的小名?"

杜贵嫔摇摇头道:"'佛狸伐'是焘儿的鲜卑名,让姑娘见笑。"

第八章 初来乍到

我却觉得这名字有趣，细问了"佛狸伐"的汉文意思，更加喜欢，便说："王上亲赐这样的名，看来是对小焘儿寄予厚望，日后这孩子前途不可限量，我便在此提前恭贺贵嫔娘娘。"

我这厢说得诚挚，未察觉杜语欢面上的苦意，她默了一会儿才说："姑娘初来宫中，有所不知，若佛狸伐被封为太子，我便性命不保，试问这宫中的女子，又有哪个敢生儿子？我只盼佛狸伐长大以后，能做个糊涂皇子，平平淡淡地过一生便罢了。"

她指的大约是北魏"杀母立子"的旧例，此时小小的皇子焘还没有桌子高，自然不能体会娘亲的良苦用心，反而眨着一双乌溜溜的大眼睛，望着娘亲道："焘儿今日顽皮，让娘亲担心，焘儿以后乖乖的，娘亲不要伤心。"

杜贵嫔面上的愁云顷刻间拂去，揽着皇子焘笑说："娘亲有焘儿，娘亲不伤心。"

恰巧此时，拓跋嗣派了宫人来，传我去御书房见驾，小焘儿被杜贵嫔拉着告辞，还不忘回头奶声奶气地问："焘儿明日还能来找姐姐玩吗？"

我点头说："姐姐明日备下有趣的小玩意儿等你。"

他高兴得小脸泛红："姐姐是大人，不能骗小孩子。"

我回道："那是当然。"

四

御书房外照例还是"各色夫人"围了一箩筐,拓跋嗣不好出门,所以想要见谁,只能不辞辛劳地派宫人宣召。

我从"各色夫人"眼前大摇大摆地进了御书房,只见拓跋嗣身侧厚厚一摞奏折已经批阅完毕,所以他得了闲暇,朝我招招手,指着面前一幅《疏梅图》说:"朕听兰若说,你对朕误会颇深,以为朕是冷血残暴之君,因而对朕有疏远之意。其实朕虽出自鲜卑,但对汉人的风土人情亦是十分向往,好比这幅墨梅,是朕拜了汉人师父苦练数载才画成的,你来看看,与你建康宫中的画师比,如何?"

我凑过去瞧了一眼,水墨画就的枯枝上,缀上几点朱红花瓣,兴许精于此道之人能在笔意之中参悟出什么大道理,但我实在瞧不出"此梅"与"彼梅"有何区别,只能暗自叹道:"拓跋嗣找我赏画,实在是找错了人。"

但真要这么说,只怕会让他以为我大宋无人,堂堂太子妃竟在书画上一窍不通,颇有些说不过去,所以我折中之后,随口夸了这幅画两句,便赶忙引了个旁的话头说:"方才有幸见了杜贵嫔,听闻皇子焘的鲜卑名为'佛狸伐',这才知道'佛狸'在汉文里意为狼,'伐'意为王,所以'佛狸伐'此名颇有深意,不知王上的鲜卑名是什么?"

我这么问,本意是想将赏画之事揭过去,哪知却给自己招惹了另一重麻烦。

拓跋嗣顿了顿说:"朕的鲜卑名,与之相比就逊色得多,大约是父王不甚在意,随口取的,名为'木末'。"

这两个字我听着耳熟,搜肠刮肚地回忆起从前青吾听学时,记得的两句诗,便问:"莫非是'采薜荔兮水中,搴芙蓉兮木末'的'木末'?"

这句原本出自屈原所作的《九歌·湘君》,我幼时先后拜过八位礼乐师父,其中有一位报国无门,因而悲愤难平,就特别喜欢读屈原所作的诗。

可惜我于诗歌一道少些根骨,读来读去,也只记住了这一句意思最特别的。

拓跋嗣不怎么通晓汉文,我便提笔在纸上写了这句诗,又着意把"木末"两个字圈出来,顺势展露了一番"大宋太子妃"应有的学识气度,说道:"'木末'在汉文里意为树梢,高处的树梢,秀出林木,颇有气势,是个好名。"

拓跋嗣眸色深深地望了纸上的诗好一会儿,念了"搴芙蓉兮木末"这句后,忽然扬眉问我:"朕若是树梢,你可愿做朕树梢之上的芙蓉花?"

彼时"芙蓉",说的是水芙蓉,不是如今的木芙蓉,这两种花截然不同,木芙蓉生于枝头,花如木槿,层层叠叠,蔚若锦绣,而水芙蓉,指的却是水中荷花。

所以这句诗的原意是,到水里去采薜荔,到树梢去取荷花——便是无论如何努力,到头来,不过徒劳无功矣。

这诗意实在大大不吉,我便不好直言相告,这一个踌躇间,拓跋嗣以为我是默许,眸中星河灿烂,唇畔也带了笑意。幸而有内侍匆匆而来替我解了围,只听内侍道:"禀王上,御书房外各位夫人徘徊不去,说是今日无论如何也要见到王上,更有几位性子急的夫人,见到姑娘进了御书房,便也跟着强闯,请王上定夺。"

拓跋嗣的笑意就隐去了:"跟她们说,朕今日国事繁忙,无暇见她们。"
内侍一脸苦相:"该说的都说了,但夫人们执意不走……"
我心念一转,赶在拓跋嗣发怒前说道:"这些夫人各个都有来头,见哪个,不见哪个,到时传扬出去,厚此薄彼,恐怕对王上有损。我倒是有个办法,能叫她们心服口服,王上以后每日只需见一名夫人,稍加安抚几句便可,也不会耽误太多工夫,你看如何?"
拓跋嗣将信将疑:"你当真有办法?"
我信誓旦旦地说:"此事包在我身上,只是事成之后,王上需赏我一样东

西,不知王上敢不敢答应?"

他向来是个"明知前有激将法,也偏不绕路"的性子,我如此说,他自然答应。

于是我带着内侍出了御书房,想起今早小焘儿手里那根挠我痒痒的鹅毛,立刻计上心来。

只听我清了清嗓子,对众位夫人道:"各位今日若想见到王上,便听我一言,御园里碧湖上,养了一群膘肥体壮的大白鹅,夫人们各自派人取回一只来,将身上衣裙的一角撕下,绑在大白鹅脖子上,令这些白鹅当众赛跑,看哪位夫人的鹅拔得头筹,那位夫人便有资格独得今日王上的恩宠。"

此言一出,满座哗然。

一位红衣夫人越众而出道:"当众赛鹅,实在荒唐,姑娘空口白牙,手上无凭无据,我们如何信你?"

这问题问出了在座众位夫人的心声,夫人们纷纷附和,许多道锐利目光更是如箭一般向我射来,大约是想借机发难,报我昨日大闹后宫之仇。

这等场面,若搁到从前,我肯定要拿出实打实的凭据来,好叫众人心服口服。

但后来经历的事儿多了,尤其是与霁王流落民间,面对毒娘子刁难,在他身上偷师学了一招之后,面对此情此景,我从容揣起手,朝红衣夫人笑道:"信不信由你,若是晚了,好鹅可就被别人挑走了,到时候夫人拿不下头名,错失了机会,莫要怪我。"

红衣夫人面上一阵红一阵白,其余夫人一听,暗自使了眼色,身边的宫人领命,你追我赶地往御湖那处去了,红衣夫人终于挂不住脸面,也叫身后的宫人速去御湖抢鹅。

这片刻工夫,我在心里琢磨了一番眼下情势,魏宫不能久留,但拓跋嗣手下的人盯得太紧,我若想散布消息出宫去,委实太难,便只能借力,好比说,叫拓跋嗣御笔亲书,画一幅我如今的画像,再寻个妥帖人,想办法光明正大地

第八章 初来乍到

送出宫去。

算算时日，距我坠崖也有数日，建康得了我的消息，必定派人查证，只要有心人跟着我一路留下的蛛丝马迹追查而来，再见到这幅确凿的画像，便知道我如今尚在人世，总能想办法混入魏宫，与我通上消息。

这么盘算着的工夫，内侍已经按照我的吩咐，布置出了一处宽敞地方，专供夫人们赛鹅之用。

御湖里的大白鹅被宫人们七手八脚地抓来，长长的脖子上系了各色衣裙上的布条，瞧着竟有几分憨态可掬。

后来的赛鹅结果，我便没有兴致瞧了，先行将此法子禀告了拓跋嗣，他遵守承诺亲手为我画了一幅画像。画像上是如今身披胡裘，着鲜卑官服的我，拓跋嗣画工着实不错，只是与宋人的画法不同，瞧着总归不如从前霁王画的那幅《龇牙咧嘴吃鸡图》顺眼。

想到霁王，我心中不免有些黯然。

拓跋嗣见我瞧画的神情专注，以为我很是喜欢这幅画，便又提笔写了一道落款，"赠予我的芙蓉花"。

我捧着墨迹未干的画像谢恩告退，拓跋嗣抬了抬手，估摸是想留我一道用午膳，但我假作不知，提着裙子就跑了，徒留那只手悬在半空，末了只得无奈垂下。

五

如今画像有了，如何寻个妥帖人送出宫，便是接下来的大难题。

寻常宫人听命于拓跋嗣，自然差遣不得，正在我一筹莫展之时，就见前头一棵矮树上，皇子焘双手并用攀住树枝，两条腿还在树身上晃悠，姿势艰难地趴在树上，正进退不得，却又不许宫人帮忙，非要靠一己之力爬到树上。

我把画像揣在袖子里，上前助了他一臂之力，皇子焘回过头来见到是我，眉开眼笑地说："姐姐来得正好，昨日你放走了慕容娘娘的金丝雀，其实焘儿很是高兴，那只雀关在笼子里并不开心，焘儿早就想放走了，只不过娘亲不许，还让人再寻一只雀儿送给慕容娘娘。"

我了然："所以你便来给慕容娘娘捉雀儿了吗？"

皇子焘点点头："虽然焘儿不想把雀儿关在笼子里，可是娘亲高兴，焘儿便高兴，娘亲想要雀儿，焘儿便捉雀儿。"

我踮起脚，摸摸他的脑袋："焘儿真是个好孩子，可是你爬到树上，早就把雀儿吓跑了，如何能捉得到雀儿呢，不如你下来，姐姐教给你个好法子。"

皇子焘听话地扶着我的手臂爬下树，我便找人寻来竹筐，用小木棍支在草丛里，又在筐下撒了粟米，再拿长长的绳子拴住支起竹筐的小木棍，将绳子隐秘地藏在草丛里，握着绳子的另一端，悄悄埋伏在暗处，等着雀鸟上钩。

皇子焘在我身边聚精会神地看着，大气都不敢出，不多时，便有雀鸟落在竹筐下，啄食粟米。等到雀鸟吃得兴起放松警惕时，我骤然拉紧绳子，小木棍应声倒下，竹筐扣在粟米上，网住了五六只小雀。

雀儿在竹筐里扑动着翅膀挣扎，皇子焘赶忙上前检查战果，拍着手说："姐姐这法子果真管用，焘儿要赶快回宫告诉娘亲，娘亲知道了一定很高兴。"

我目送他欢喜地抱着竹筐离开，心想，小焘儿天真聪慧，又是皇子，宫人不敢怠慢，岂不正是我要寻的妥帖人吗？

第二日，我提前在御园里捉了只小白鹅，还叫兰若替我从膳房里寻了各类

调味品,尤其多要了一罐蜂蜜。待小白鹅拔毛之后,拿粗毛笔把蜂蜜均匀地刷在鹅身上,收拾停当置于火堆上炙烤,鹅肉的香味与蜂蜜的甜味混在一起,不等烤熟,已是香飘十里。

皇子焘被我的蜂蜜烤鹅引到了相辉宫,我一边烤,一边招呼他坐下,与他讲些青吾趣闻,哄得这个小娃娃两眼冒光,比当年的郡主姐姐还要心向往之。

不多时,鹅肉烤得外焦里嫩,我撕了一条鹅腿递给他,我俩便蹲在相辉宫后院,就着一地柴灰和两棵老松树,以肉会友,吃得开怀。

我一边吃,还不忘分出些精力告诉他,这世上有很多东西比征战四方更有意思。

皇子焘听得入神:"父王总说天下纷争,要以武力决胜负,焘儿现在觉得,姐姐说的比父王更有道理,如果能一直不用打仗,父王也不必忧心;父王不忧心,就能多多看望娘亲,娘亲便能时常开心了。"

我看着小焘儿神采奕奕的眼睛,实在不忍告诉他真相。

他是北魏的皇子,将来说不定要继承他父王的衣钵,继续与大宋征伐不休。我自然希望从孩子入手,把和平的种子播撒在皇子焘心中,可实际上,和平从来不易得,从前我教导自己的徒弟梧桐时,最常讲的是"犯我大宋者,虽远必诛,谁要是欺负你,就照死里打"。

无怪乎多年以后,梧桐这孩子长成了令三军闻风丧胆的谢小将军——谢庭梧,不过这些都是后话。

如今烤肉也吃了,故事也讲了,我便不客气地掏出了拓跋嗣画的那幅画像,故意装作十分发愁地说:"姐姐最近遇到一件难事,不知焘儿愿不愿意帮忙?"

小焘儿闻言,连肉也不吃了,握着一双小拳头,立誓一样地说:"姐姐的事,焘儿一定帮。"

我欣慰地摸摸他的脸,说:"姐姐刚入宫,身上没带银钱,处处都不方便……"

小焘儿赶忙说:"姐姐如果需要银钱,焘儿这就让人去宫里取一些。"

我咳了一声:"不必不必,姐姐虽然没带银钱,但是姐姐这里有一幅画,焘儿若是派人出宫卖掉,换回的银钱便能够姐姐日常用度,不知焘儿愿不愿派人将这幅画送出宫变卖?"

焘儿伸出小手想看画,我虚晃一抢,道:"焘儿手上有油,要是弄污了画,这画可就不值钱了,改日姐姐亲手为你画一幅旁的画,送你可好?"

焘儿不疑有他,招招手叫来他贴身的宫人,一通吩咐。

那名宫人恭恭敬敬地接过我手里的画,我又嘱咐他道:"这画你切记要卖个好价钱,最好是寻个名气大些的字画铺,当街叫价,价高者得。所得银钱,我拿出一半给你,权当报答你卖画之恩。"

这招"价高者得",还是我从锦里黑市上学来的招数,如此一来,围观者肯定不少,这幅画像才能发挥它最大的作用。

第九章 明枪暗箭

一

御园里有处梅园,这时节距离梅开之日尚远,但午后有几名宫女围在一起议论:"今年梅园的梅花早早就结了花苞,我看见向阳处有一枝蜡梅,已经隐隐有几个花骨朵,不知道梅花早开,是祥瑞之兆,还是不吉之兆?"

另有宫女说:"近来宫中多事,连一向得宠的姚妃都被王上禁了足,偏偏这梅花却早早开了,你们自个儿猜,是个什么兆头。"

宫女们讳莫如深地朝相辉宫这头张望。

兰若见状,想要上前斥责那几名嚼舌根的宫女,却被我伸手拦住。

兰若不解地问:"这几名宫女,故意围在相辉宫门前大声议论,定是有人指使,姑娘若任由她们造谣生事,只怕到时宫中谣言四起,于姑娘不利。"

自古早开的花,都是妖花,我怎能不明白这个道理?

大约是姚妃被王上禁足,迁怒于我,所以特意找了些宫人,散播些谣言,惹我不快吧。

但我本无争胜之心,若到时谣言太盛,招来朝野非议,更甚者群臣死谏,叫拓跋嗣将我逐出宫去,对我来说,倒是一桩好事。

所以我安然坐在院中一棵老树下,怡然自得地端着一碟花生米,一边吃,一边瞧门外的宫女们你一言我一语,把谣言编得有板有眼,绘声绘色。

也不知此时此刻,雾王在做什么。

午后的日头白花花的,晃得人眼疼,寒冬腊月的风,也跟着起哄,吹得人鼻头直发酸。我深吸一口气,叫兰若替我寻个云梯来,借着云梯爬到高高的宫殿顶上,坐在披霜的冷瓦上,望着远处经久不散的云,心里也像被云雾笼罩,沉甸甸的,透不过气来。

眼前是全然陌生的景儿,整座魏宫,也寻不出一棵像样的银杏树。

我每日睁开眼睛,便要琢磨着如何与天斗、与地斗,只有入夜时,身边再无旁人,才能独自拥着锦被,拿指甲悄悄在床板上画一个"诏"字。

魏宫的银杏树瘦瘦小小,被朔风吹得只剩孤零零的空枝。

158

第九章 明枪暗箭

我很想念朝晖宫里枝繁叶茂的银杏，想念到鼻子越发酸，眼睛越发疼，为了不叫兰若看出端倪，只好一粒接一粒地胡乱塞着小碟里的花生米。

以前我爹在青吾，就总爱端着一碟花生米，一粒一粒慢慢地吃。

我那时年幼，吃起东西来一贯狼吞虎咽，不懂得我爹那一碟花生米饱含的深意。

如今懂了，却好像有些迟。

相辉宫门口，小焘儿带着侍从迈进来，站在院中四下张望，经兰若指点，才晓得仰起头，在殿顶上寻着我，软软糯糯地喊："姐姐！"

我收敛心情，顺着云梯爬下去，换上满面笑容说："焘儿今日来得晚，可是有事耽搁了？"

焘儿攥着衣角，委屈了好一会儿才说："父王定了规矩，各宫娘娘必须挑一只大白鹅，比赛得头名，才能入御书房见他。娘亲想见父王，也要参加赛鹅，可是好鹅都被别的娘娘挑走了，御湖里剩下的都是孱弱的小鹅。娘亲挑的鹅，好几次比赛都是末名，我今天陪着娘亲去赛鹅，又输了，娘亲嘴上不说，可是心里肯定很难过，我就多陪了她一会儿，这才来晚了。"

我原本为了赢得拓跋嗣的一幅画像，这才想了赛鹅的法子，却没料到这法子顾头不顾尾，使得本来能常见圣颜的妃嫔也碍于规矩，不得不参加赛鹅，艰难地争一个头名。

焘儿一向是个孝顺孩子，我不忍见他为了杜贵嫔之事难过，于是想了个投机取巧的法子说："御湖里的鹅常年有人饲喂，娇生惯养，再如何厉害，也比不得外头那些野生散养的鹅，你不如叫人去宫外猎几只膘肥体壮的回来，悄悄养在宫里，到比赛时拿出来，定能赢个头名。"

焘儿听得眼睛亮晶晶的："姐姐说得当真吗？外头的鹅比宫里的鹅厉害吗？"

我肯定地点点头说："当然是真的，不过跑得快的鹅，模样也比寻常鹅特别一些，我从小长在乡野间，最会分辨这些，不如你连我一道带着，我一定替

你捉只最厉害的来。"

正说到兴起处,兰若在一旁咳了声说:"王上不许姑娘私自离宫,姑娘若要陪伴小皇子捉鹅,需得了王上的出宫令牌才可以。"

我好不容易燃起的兴致,瞬间被她这一盆冷水浇灭了大半。

焘儿抱着我的胳膊,生气地问兰若:"父王为何不许姐姐出宫?就出去一个时辰都不行吗?"

兰若低头不好言声,我便替她答了一句:"你父王是想将我当作雀儿,养在金丝笼里,他怕我出了这笼子,就振翅飞走了,所以不许我出宫。"

焘儿小小的人儿,竟也有了愁思,叹口气说:"慕容娘娘最爱养雀儿,可是上回姐姐捉来的雀儿,却在她的笼子里不吃不喝,直到绝食而死。焘儿虽然不明白大道理,却也知道,天下所有的雀儿都不爱被人剪了翅膀关在笼子里。虽然有的雀儿被人关进笼子,也能活得好好的,但是有的雀儿天生喜欢自在翱翔,一旦被人关进笼子,就会郁郁而死。焘儿觉得,姐姐就是一个不喜欢笼子的雀儿,若是父王还要将你关在笼子里,只怕会将姐姐越推越远,直到最后失去姐姐,才悔之晚矣。"

不得不说,焘儿小小年纪,待人待事,远比他父王看得通透。

但我不忍见他为我生出愁思,只好摸摸他的脑袋说:"焘儿今日还要去宫外猎鹅,再耽搁一会儿,日头西斜,可就捉不到好鹅了,姐姐留在宫里等你的好消息,也是一样的。"

小小的人儿依依不舍地跟我作别,我站在原处,看他转身消失在月洞门后,暗自叹口气,把心头愁绪压下,又招手叫兰若端来一盘糖糕,嘴里被甜味包裹,胃里被暖意填满,低落的情绪方才一扫而空。

后来听闻焘儿捉来的鹅性子凶悍,比宫中御湖的鹅厉害得多,焘儿的娘亲杜贵嫔连着三日得了头名,常伴圣驾左右,可说是羡煞旁人。

只可惜这法子到底没有瞒住,妃嫔们投机取巧,纷纷派人出宫捕鹅,宫

第九章 明枪暗箭

里的鹅越来越多，不只带动了平城鹅价上涨，还带起了一股不正之风——没有能耐出宫猎鹅的妃嫔自知赢得头名无望，便转而谋害起了旁人猎来的膘肥体壮的鹅。

又听说这日，一向深居启华宫的保太后坐在院中晒佛经时，几坨鹅粪从天而降，把保太后珍藏多年的绝版经书污得不成样子。保太后一怒之下把状告到了拓跋嗣那里，拓跋嗣只得下旨，命人把阖宫的鹅抓到膳房，召集宫中御厨，做了整整五日的全鹅宴，还分赏各宫，险些把众位娘娘给吃吐了。

二

近来北魏各处闹冻灾，拓跋嗣忙于政务，无暇抽身，自然招架不住各宫娘娘频频来献的殷勤，我给他出谋划策说："既然赛鹅不成，不如改赛萝卜，就比谁家的萝卜大，还要明令：必须是各宫娘娘亲手种出来的萝卜。另派当班侍卫守在宫门口严查，一旦发现有内侍私自在外夹带萝卜回宫，则其主位娘娘自动失去参赛资格。"

如此一来，各宫消停了三日，拓跋嗣耳边清静，心情舒畅，特赏我不必跟着各宫一道吃鹅，还吩咐御厨每日变着花样给我做北魏的好吃食。

但好景不长，才不过第四天，就有不甘人后的妃嫔捧着自家雕花瓷盆到御前，比谁种出来的萝卜芽长得更高了。

我原先只知道妃嫔们长日无聊，竟没料到，这些人钻研起萝卜种植来，其心思机巧，比起钻研琴棋书画，亦是不遑多让。

好比说如今寒冬时节，萝卜种子若是下地，肯定长不出芽来，妃嫔们便好生将萝卜种子伺候在雕花瓷盆里，每日拿炭火烤着，手炉暖着，浇水施肥，还彻夜拿烛火照着，这一套功夫下来，处处费心呵护，半点儿都不含糊。

不过七日，阖宫的萝卜种子就都发了芽。

这下好了，御前又恢复了往日热闹，谁的芽胖了瘦了、高了矮了，各宫娘娘派出去打探的宫人心里门儿清，随口一问，各个如数家珍。

自然也有看不惯对头家的萝卜芽，暗中派人下黑手，给对方直接拔了的。

这日我就惊闻，西宫有位娘娘一早醒来，见盆里的萝卜芽拦腰而断，思及多日心血付诸东流，一时不忿，差点儿哭晕过去。

与此同时，姚妃禁足期满，胭脂匀面，额头点花，盛装出门，想要面见王上。

但依照宫中如今的规矩，她若拿不出一盆像样的萝卜芽，任谁也不敢轻易放她进御书房。

这大抵是姚妃头一回被御书房当值的宫人拦驾,气不打一处来,当即命宫女打听了今日是哪位娘娘拔得头筹,又得知杜贵嫔专宠多日,这浩浩荡荡一行人立即奔着杜贵嫔那处去,二话不说强夺了杜贵嫔的萝卜芽瓷盆,还砸了杜贵嫔照看的其余花草,碎瓷和花泥狼藉了一地。

我听闻此事赶去时,焘儿已经哭得两只眼睛肿成了核桃大。他捏着小拳头发誓说:"娘亲的仇,焘儿一定要报!"

杜贵嫔正与宫人一道打扫满地狼藉,听闻此言,慌忙捂住焘儿的嘴说:"佛狸伐,不许妄言,姚妃位分远在娘亲之上,不过是摔了些不值钱的花草,娘亲无事,也不许你贸然生事。"

焘儿憋得面皮发白,好不容易挣脱杜贵嫔的手,躲在我身后,愤愤地说:"娘亲骗人,旁的花草不说,那盆萝卜,可是娘亲熬了好几个日夜,精心看护才长成的,就这么被人夺走,娘亲不恨,焘儿恨!"

杜贵嫔急得额上冒汗,宫中人多眼杂,保不齐哪里就有姚妃的眼线。

我见势揽过焘儿说:"焘儿过来,娘亲自然是为你好。"这冠冕堂皇的话说完,我又压低声音,用只有我和焘儿两人能听见的语声说:"不过焘儿放心,此仇姐姐一定替你报。"

当晚,我趁人不备钻进姚妃宫里,轻手轻脚地爬到寝宫的床榻边,把她抢来的萝卜芽拔了个干干净净,还把这些拔下来的嫩芽交给兰若,让她替我找宫中手艺最好的御厨,炒了一盘色香味俱全的青芽菜,于第二日一早,命人端到了姚妃案前。

这无异于登门打脸,姚妃气得脸都歪了,死活又在别处寻了一盆萝卜芽。

比赛之时,其余妃嫔哪敢越过姚妃去,纷纷忍痛,把自家的萝卜芽掐去了少许。姚妃毫无意外赢得头名,不知是如何在拓跋嗣面前告了我一状,等到我被传召至御书房时,姚妃还在揉着帕子擦眼睛,见到我来,在帕子的缝隙里,恶狠狠地瞪了我一眼,转而软身倚靠在拓跋嗣身前,又变作一副梨花带雨的可怜模样。

我觉得此情此景，正应了一句兵法所云：先发制人，后发制于人。

所以我想也没想，大礼一拜道："王上先别忙治我的罪，我早前混迹大宋市井，又因缘际会到了大宋宫中，再后来甚至有幸在大宋军中流连过数月，所以对于大宋的许多不为人知的情报都有涉猎，若王上允我将功折罪，我便把我所知的情报写下来，呈给王上，不知王上意下如何？"

我如此说，是给拓跋嗣一个台阶下，果不其然，他转头拍拍姚妃的手："爱妃当以国事为重，朕听说你近日在宫中静心钻研棋局，已有所得，朕晚些时候抽出空来，到你宫中与你手谈一局可好？"

但见姚妃手里的帕子险些被她掐出褶子来，她面上却很有大家风范，梨花浅笑，盈盈一拜说："璃儿当然懂得其中利害，既是国事，璃儿不说什么，只要璃儿心中的委屈，王上明白就好。"

我为了把戏做足，当着姚璃的面，挥毫泼墨，文兴大起，直至姚璃告辞之时，一篇图文并茂、步骤翔实的青吾不传之秘——叫花鸡的详细做法，终于不负所望地呈至御前。

我与姚璃一道迈出御书房，姚璃故意伸了一只脚，挡在门前与我横眉冷对。

她大约还是想给我一个厉害的下马威，但方法实在拙劣，我朝她一笑，施施然走到门前，装作崴脚，"哎哟"一声，实打实踩着她这拦门的一只脚，迈了出去。

姚璃疼得眉心一皱，可我先发制人，故意在外头侍候的宫人面前喊："兰若，快来扶我，我崴脚了，哎呀，好疼。"

姚璃便不好再"学我"一样喊脚疼了，硬生生梗着脖子把这脚疼给咽下去，脚步如常地从我身后绕出来，被宫人搀扶着离开。

三

但没想到,我与姚璃这明枪暗箭的一战之后,第一个来我相辉宫"生事"的,竟是拓跋嗣。

他先前应承了姚璃,说晚些时候抽出空来,要去姚璃宫中下棋,这话说出来,便是圣宠之意,可没想到,等他真的抽出空来,却没去姚璃宫里,而是来了我这里。

此事可大可小。

宫中姚璃的眼线只怕已经将此处情形告知了她,若拓跋嗣只是恰巧路过,稍作停留便走,姚璃大概不会将此事放在心上,但若拓跋嗣故意拖延,迟迟不肯起驾去姚璃宫中下棋,那么在姚璃看来,我便是故意截胡,夺了她的圣宠。

只是不知拓跋嗣此时前来,究竟是何意。

我带着兰若,在相辉宫门前相迎,故意直挺挺地站在宫门口,把宫门挡了个严实,半点儿都没有让拓跋嗣进门的意思。

他携着侍从,负手立在相辉宫门口,品评了一番我门前所种的枯竹,见我还没有开口相邀,便咳了一声,笑说:"怎么,你招惹了朕的爱妃,还将一纸毫无诚意的'大宋情报'丢在朕的御案上,就真当朕是纸糊的,半点儿天威都没有?"

我赶忙朝他行大礼:"王上自当天威浩荡,也自是金口玉言,既然答应了姚妃之约,便不该在路上徒做停留。"

他摆明了装傻,笑着说:"哦?朕觉得你今日欠了朕这么大一个人情,正是心怀愧疚的时候,朕怕你惴惴难安,这才亲自上门,以解你心神不定七上八下之苦。"他说这话时,脚下却没停,是以他进一步,我退一步,就这么一进一退间,倒是让他施施然闯到了我的相辉宫里来。

横竖拦不住他,我便不再做无用功,索性叫兰若上茶,学拓跋嗣一样,神态自若地坐在廊下赏梅花。

拓跋嗣见我摆了这样的架势，是铁了心与他比定力，便先开口说："朕今日忙于政务，这会儿方歇，所以没顾上用午膳，正有些饿了。先前你呈给朕的'叫花鸡'做法，朕瞧着有趣，也想尝尝你的手艺，所以眼下，朕便在相辉宫里等着，你何时做完，朕便何时离开。"

这寥寥数语，连条件都开好了，无异于挖好了大坑，就等我往里跳呢。

此情此景，不禁让我想起从前在建康宫时，皇上他老人家亦是如此。

难道说古往今来，但凡能坐上龙椅之人，都要先学一门挖坑的绝技？

我长叹，转而问："王上选在此时前来，当真只是为了尝尝我的手艺？"

拓跋嗣拨了拨茶叶末："朕不瞒你，先前你在宫里想着法子与外面通消息，朕心里认准了你是徒劳，所以不曾在意，但朕忙于国事，又怕你真的借此逃出朕的掌控，所以朕思来想去，只能将你托付给姚妃照料。"

什么叫托付给姚妃照料，莫非是嫌姚璃与我结的梁子还不够深？

拓跋嗣浅尝了一口茶，替我解惑说："朕知道姚妃善妒，所以故意引她将矛头指向你，如此，朕忙于国事时，有姚妃时时刻刻替朕紧盯着你，朕才可放心。"

原来如此，他故意挑起姚璃对我的嫉恨之心，是想借姚璃之手看住我。

而即便是派了兰若贴身看护，又挑起姚璃的嫉妒，拓跋嗣也还是不放心，等我取来御膳房的食材，烤好一只叫花鸡，正打算撕下一只鸡腿尝尝鲜时，他挥手止住："朕可以与你分食，但，你手里的鸡腿似乎少了一味辅料。"

兰若闻言，身子一震，赶忙掏出袖中的瓷瓶，在我撕下来的那只鸡腿上，撒了细细一层软骨散。

须知这软骨散并非无色无味，颜色黄白不说，味道着实发苦。连带着我近来舌尖上都带着苦味，每每还需再吃一盘糖糕才可稍解。

是以，我盯着这样一只鸡腿，进退两难，拓跋嗣的目光却冷了三分，望向我身侧的兰若说："朕将你派到相辉宫，你便是这样照料主子的？"

兰若连忙跪地："奴婢知错。"

我举着鸡腿站在拓跋嗣和兰若中间,替兰若隔开拓跋嗣的视线,咧开嘴角笑着说:"不过是只鸡腿,你若不舍得,我不吃就是,何必拿兰若出气。"说罢转头吩咐兰若:"这里没你的事了,下去吧。"

兰若怯怯地看了拓跋嗣一眼,见拓跋嗣挥挥手,方才如蒙大赦,福身告退。

经过这么一番折腾,我吃兴全无,将鸡腿重新丢回盘子里,连带着嘴角也垂得好长。

拓跋嗣见我如此,撕下另一只原汁原味的鸡腿递给我说:"朕知道软骨散的味道不尽如人意,这次许你不添这味辅料,不过,下不为例。"

他这分明是敲山震虎之后,再许以薄利,好比是打一棍子,再给颗甜枣。如此盛情,我哪能领受得起,正要拱手谢过他的好意,就听宫外内侍来报:"姚妃娘娘身子不适,请王上过去瞧瞧。"

这下好了,姚璃得了线报,知道拓跋嗣转道来了相辉宫,左等不来,右等不来,忍无可忍之下,已经派人来请了。

但不论如何,能送走拓跋嗣这尊瘟神,我正是求之不得,因此赶紧福身一礼:"恭送王上。"

拓跋嗣见状微怒:"知道朕要走,你就这么高兴?"

我不忍骗他,又不好直言,便沉默了一会儿,谁知他转身命人将我做的那盘叫花鸡也带上,末了还留了句话:"这鸡偏偏少了两只鸡腿,若是姚妃见了,你猜会如何?"

我只觉得我跟姚璃的梁子结得更深了。

四

这宫中从来不缺阴诡算计，若我从前招惹姚璃，还能有幸活着被她逐出魏宫，那么如今，只怕她已经存了置我于死地之心。若我再不为自己谋算，恐怕就等不到顺利出宫的那一日了。

眼下，除了拓跋嗣轻易不要招惹，剩下能庇护我的人，就只有深居宫中的保太后娘娘。

上回我提议赛鹅，惹得宫中生出鹅患，从天而降的鹅粪还将保太后娘娘的佛经给污了，这些前尘往事，保太后娘娘虽然没有计较，但她老人家心里对我的成见定然不浅，所以想要缓和与保太后娘娘的关系，仍然任重而道远。

我事先打探了保太后娘娘的喜好，听闻她近年来身子不好，每日吃斋念佛，外出走动也不多，似乎除了烧香礼佛，对旁的事一概不闻不问，就连宫中妃嫔想要投其所好，也无从下手。

这些年来，妃嫔们纷纷铩羽而归，次数多了，便无人再去保太后宫中碰一鼻子灰。所以保太后那处格外冷清，加之如今寒冬时节，鸟啾虫鸣声都不闻，保太后处常日静得落针可闻，连带着她身旁伺候的宫人，也是连大气都不敢喘，生怕闹出声响，扰了保太后清静。

我心中掂量着，到了保太后这个年纪，身子不爽利是常事，可她讳疾忌医，一门心思将寿数长久寄托在烧香礼佛上，祈盼诚意动天，以此来消疾去病。

往日妃嫔们为讨保太后欢心，手抄佛经者有之，刺绣佛像者有之，甚至进献佛宝者也有之，总之是绕不开一个"佛"字。

但既然有疾，只靠礼佛，而不肯吃药，如何能好？

为了想办法让保太后老实吃药，我千方百计寻来御医的脉案，第二日一早，亲手在御膳房做了三道对症的药膳进献保太后。保太后食之，收效甚好。

我在保太后宫中的偏殿，足足候了小半日，才总算得了一个面见保太后的机会。

第九章 明枪暗箭

领路的宫人将我引到正殿，只见殿中上首，保太后娘娘端然高坐。

其余侍奉的宫人纷纷退下，不消片刻，偌大的正殿里，就只剩下我与保太后娘娘两人。

保太后娘娘缓缓转动手里的佛珠，开口便是诘问："你可知罪？"

我心下了然，跪在殿中叩首道："小女在太后的药膳中，加了荤腥之物，犯了太后礼佛茹素的大忌，小女知罪。"

保太后一顿："既然知罪，为何……"

我坦诚道："小女虽医术不精，但也猜到，保太后娘娘早年喜食肉，长此以往，心火亢盛，后来为了调理身子，又改为常年食素，却过犹不及，又患上体虚之症，小女以为，此症需以温补之物调理，所以斗胆，在保太后娘娘的膳食中，加了荤腥之物。"

保太后重又拈起佛珠："你倒是胆子不小，就不怕我治你一个冲撞佛祖之罪？"

我叩首道："保娘娘虽在外人看来，礼佛茹素，一片赤诚之心，但小女斗胆又猜，保太后娘娘闭门礼佛，只是为了免去妃嫔问安的麻烦，得个清静。"

"哦？何以见得？"

我心知猜得八九不离十，便说："先前宫中鹅患，王上为了一劳永逸，将阖宫的鹅都抓到了御膳房，做了整整五日全鹅宴，保太后若诚心礼佛，必定不愿见宫中枉生杀孽，但保太后没有阻止，反倒默许，小女便猜，太后礼佛是另有深意。"

保太后原本绷着的面皮终于抖了抖，却是被我逗乐了："从前在这宫里，想讨我这老太婆欢心的人多得数都数不清，可她们后来知道我性情古怪，就不愿再登门，许多年了，你还是头一个让我觉得有趣的孩子，只是你把心思花在我一个老太婆身上，究竟所求为何？"

我再叩首："小女不愿欺瞒保太后，此来魏宫，实非我所愿，只求保太后

看在我尚有几分诚心的分上，照拂一二。小女作为报答，愿竭尽所能，将保太后的身体调理如初，万望保太后准允。"

殿中一时静默，果如传言所说，落针可闻。

良久，保太后在斜阳余晖里朝我伸出手，温声说："过来，让我瞧瞧。"

我依言挪到她面前，重新跪好。

保太后便伸手在我脸上摩挲了片刻，叹口气说："你心思灵巧，偏又生得这般模样，不知这容貌于你而言，是祸还是福。"

从前我一贯素面朝天，加之后来行军打仗时风沙刮面，又常有血污，便更不爱在胭脂水粉上花功夫，奈何近来，兰若热衷于往我脸上搠饬脂粉，衣裙也专挑颜色艳丽的，后来花钿贴额，青黛描眉，不知不觉间，在我这张脸皮上，下的功夫竟越来越深。

我被保太后的一语点醒，俯首朝她行大礼："小女多谢太后指点，今次回去，定把妆盒尽数丢了，从此花钿青黛，再也不沾。"

保太后颔首，末了笑说："王上这些年，为了笼络人心，收进后宫太多女人，宫里乌烟瘴气不是一日两日，难得这回他领回来的人，倒颇合我心意。"

我拜谢保太后，后来由宫人领着回我的相辉宫。

是夜，银月高悬。沿路老树盘虬，在明月清辉中，显出别样的景致。

宫人提着宫灯在前，我拢了拢胡裘领口，便见相辉宫前，气氛非比寻常。

一问才知，我今日一早出门，姚妃后脚就亲自到我宫里兴师问罪，奈何我早出晚归，足足在保太后那处耽搁了一整日，姚妃便实打实地坐在我宫里，等了一整日，一炷香前才刚刚离开。

我本来还在庆幸躲过一劫，谁知翌日天还没亮，姚妃就踩着星露登门，这"不达目的誓不罢休"的劲头，着实令我刮目相看。

170

五

兰若急匆匆来禀报时，我还在睡梦中，尚未睁开眼睛。等听清楚了兰若的意思，得知相辉宫外姚妃正堵着门，便知今日是无法从正门出去了。

我索性起身更衣，叫兰若把我素日常用的云梯拿来，架在后殿的宫墙上。

等一切收拾妥当，我便手脚并用，借云梯攀上殿顶，又从旁的宫殿顶上爬出了相辉宫。

这回面见保太后，我未涂脂粉，甚至连一支花色稍稍繁复的珠钗都不肯戴。保太后此时将将起身，正好给我一个服侍保太后用早膳的机会。

须知保太后宫中自有小厨房，与阖宫上下共用的御膳房不同，这里可没有拓跋嗣的人守着杯盘碗盏，一个不落地给我加那味软骨散辅料，我若是与保太后一道用膳，兰若也不好当着保太后的面，掏出袖中的小瓷瓶给我添堵。

所以我若能一直守在保太后宫里，不只能免去姚妃的刁难之苦，还能免去拓跋嗣和软骨散之苦，更能跟着保太后吃几顿像样的膳食，或许不消几日，就能把我体内的软骨散排出，到时，恢复功力也是指日可待。

我心里打了这样的主意，自然是想尽办法讨保太后娘娘欢心。从前屡试不爽的青吾见闻，被我每日故意断在悬念迭起处，勾起保太后娘娘的好奇心，一连讲了数日都没有讲完。

与此同时，我拿出看家的医术，为保太后娘娘诊脉，做药膳，一日三餐变着花样做吃食，据保太后宫里的小宫女说："保太后娘娘好多年没有像现在这样顿顿都吃两大碗饭，胃口好得不得了，人也精神了许多，更比以前爱笑，咱们这些伺候的人，也跟着姑娘沾光。"

我彼时悄悄给自己做了两道夜宵，闻言招呼那名小宫女一道吃，边吃边说："保太后礼佛心诚，自有福报，哪里是我的功劳？"

小宫女被我做的那道烧素鹅引去，尝了一口说："竟然真是素膳，我就说保太后礼佛不食荤腥，她们还不信，原来姑娘这几日做的鸡鸭鱼肉，都是素膳，姑娘真是巧手，做的跟真的一样。"

我默默咽下素鹅没说话，心想：太后桌上的鸡鸭鱼肉，自然是货真价实的荤菜，不过她老人家面上要做出远离后宫纷杂、不理俗务的姿态，我当然不能在人前拆她的台。

如此两日下来，姚妃自知守株也待不了兔，在我这处讨不了便宜，便转而把怒火撒到了杜贵嫔和小焘儿身上去。

我本来在魏宫之中，就是个身份尴尬之人，能像现在这样，绞尽脑汁地保全自己，已是难事，更遑论再挪出精力来保全旁人。

但，明明做了利害权衡，明明知道姚妃背后有母族势力，其人更是在魏宫之中地位尊崇，远不是我一个无依无靠的敌国孤女可以抗衡的，可一想到小焘儿软糯的小脸，想到他笨拙地护住母亲，傻乎乎地梗着脖子不肯示弱的模样，我就没来由地心里一软。

我到底还是看不惯姚妃仗势欺人。

这夜，我在姚妃宫中放了一把火，火势稍大些时，宫人被火光惊动，惊惶喊道："不好了，宫中走水了，快来人啊！"

于是众目睽睽之下，姚妃顶着被烧掉半边头发的秃毛脑袋，穿着被裁成丝缕的凌乱衣裙，因为太过慌乱，还被拦在床榻前的绳索绊了一跤，摔了个狗啃泥。

这情形，吓得阖宫的宫人大气都不敢出，一个个憋笑憋得脸色发红。

姚妃这一摔，人也清醒过来，怒不可遏道："是谁胆敢戏弄本宫？"

我便施施然越众而出，站在姚妃面前，抱着手臂说："不巧，正是在下。"

姚妃气得眼都直了："你！"

我抢白道："是我，心疼娘娘这几日满宫上下操劳，所以特意给娘娘备下大礼，好让娘娘体面地称病，在自己宫里闭门修身。到来年春天，大约娘娘的头发也长齐了，只要你肯老实本分，不再惹是生非，那么今夜糗事，过不多久，宫人们也就忘了。"

第九章 明枪暗箭

姚妃身边的宫女扶着她站起身,立时就有几个身板壮实的内侍,将我围住,目露凶光。

我一笑:"娘娘宫中走水,大约王上那处,也得了消息正在赶来,若娘娘以如今的模样见驾,恐怕不大妥当,换作是我,只怕梳洗更衣都来不及,哪还有闲暇站在此处,与旁人蹉跎时光。"

姚妃怒极,又着实忧心这一幕被拓跋嗣撞见,只恐会惹得他厌弃,所以两权相较,姚妃只得先扶着宫女的手踉跄着往后殿去,而围住我的那几个内侍,正待上前,就被宫门外一声高呼制止。

拓跋嗣得了消息,来得倒快。

我先前躲在保太后宫中,原本就是为了避开他,这会儿见他来者不善,自然是脚底抹油,先溜为上。

但我溜也溜得光明正大,趁着众人跪地行礼时,我大摇大摆在拓跋嗣眼前晃悠着出了姚妃的宫门。

拓跋嗣许是没有料到会在此处瞧见我,挑眉望着我,似有询问。

我无声朝他一抱拳,做了个"打扰打扰,告辞告辞"的手势,拓跋嗣碍于眼前众人,抬手咳了一声,转身不再看我,撩袍迈进了姚妃宫里。

再后来的鸡飞狗跳就与我无关了,我自回相辉宫睡了安稳的一觉,翌日风平浪静,我照例一早便到保太后宫中准备药膳,便是在此时,得知了一件意料之外的大事。

服侍保太后的老嬷嬷凑在保太后耳边悄声禀告了什么,保太后神色一凝,挥挥手叫老嬷嬷退下,沉吟了好一会儿,叹口气说:"你这孩子,实在招人喜欢,若就这么跟着别人走了,我还真有些舍不得。"

我奇道:"保太后娘娘何出此言?我连明日、后日、大后日的膳食都琢磨好了,就等着下厨做给保太后娘娘吃,又怎会跟别人走呢?"

保太后摇摇头:"你啊,既然心思不在魏宫,我若强留,早晚会招你怨恨,便索性不瞒你了,方才大宋遣使进宫,听说这会儿正与王上密谈,依我看,使臣不请自来,多半是为了你吧。"

这夜,拓跋嗣挟着怒气而来。

我平静地给自己斟了一盏茶,瞧着茶盏里的碧叶浮浮沉沉,笑着说:"王上这个时辰不在御书房,怎的来了这里?"

热气氤氲,打湿睫毛,拓拔嗣肃然站在我面前,冷声说:"朕知道你本事不小,不可与寻常女子相提并论。朕也想将你放在身边,天长日久地相处,慢慢感化你。可你近来太不安分,不只哄得朕的皇儿为你传递消息,还捉弄姚妃,诓骗保太后,若要细数你犯下的罪过,一桩桩一件件,罄竹难书,你倒是告诉朕,朕该拿你如何是好?"

我一听这话里的意思,他今夜果真是来兴师问罪的,我近几日暗中倒掉兰若为我准备的甜食点心,只吃保太后小厨房的膳食,体内软骨散已经去了三五成,虽然比内力招式没有胜算,但轻功恢复得尚可,如果拓跋嗣当真撕破脸皮,我便找个机会跃出相辉宫,尽力为自己搏一搏。

我心里这么想着,手里的茶盏因为握得太过用力,晃了晃,洒出些茶水来。茶水落在雪白的衣裙下摆,洇黄一片,十分显眼。

拓跋嗣见状叹口气,掏出怀里一条绢帕递给我说:"有时候瞧你张牙舞爪的,像只凶猛的虎,有时候瞧你,又不过只是一只得点儿鱼腥就乐不可支的猫。朕原想好好惩治你,给你个教训,但又怕罚得重了,被你怨怼,既然你迟早都要留在大魏,不如朕便早日赐你封号,好叫你断了不该有的念想。"

我原本老老实实擦着衣裙茶渍的手一抖:"此话怎讲?"

拓跋嗣瞧着我一笑:"朕来的时候,已经叫人拟了旨,赐你封号为'芙蓉'的'蓉'字,以后也会抹去你大宋的身份,给你一个新名字,便叫蓉蓉。"

何为晴天霹雳,这便是了。

我本想多拖延几日,一则可以等到故人的消息,二则可以消去身上八九成软骨散的药力,到时万一有人来救,我也可以不给人拖后腿,走得利落干净。

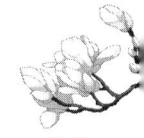

第十章 风雨如斯

可眼下看来,多一日都不行了,拓跋嗣这道旨意,最晚明日一早就要晓谕后宫,若我真顶了个"蓉夫人"的头衔,再想置身事外,可就难了。

万万想不到,我这托人卖画的冒险之举,引来大宋遣使进宫,竟然给了拓跋嗣这么大的打击,叫他下了决心拟旨册封不说,更是连个更为稳妥的身份都来不及替我张罗,直截了当地改了新名,便想堵住天下悠悠众口,力压朝野群臣非议了。

相辉宫里服侍的宫人不知何时走了个干净。

拓跋嗣掀袍坐在我手边的榻上,挑亮了桌案上的烛火,玩味地看着我的眼睛说:"怎么,蓉蓉欢喜得傻了,连谢恩都忘了?"

我深知"人在屋檐下,不得不低头"的道理,也明白身陷囹圄,名声都是身外物,活着比什么都重要。

可我纵然明白天下所有的大道理,但唯独在册封这件事上……我起身朝拓跋嗣拜道:"恕我不能从命。"

拓跋嗣撩拨烛火的手指顿了顿,气息纷乱,惹得烛火摇曳不停。

我将余光瞥向紧闭的殿门,料想门外站着的近卫定然不少,若此时出逃,胜算太小,唯有将拓跋嗣引到门口,再想办法走到对面窗下,趁其不备推窗跃出,方能赢得三分胜算。

这么想着,我缓缓退了三步,定了定神说:"王上今日是有备而来,但不知王上是否听过汉人风骨?自古'一臣不事二主',我既是大宋臣民,便做不得背主弃义之事。今日王上胁势相迫,我自然不能相争,思来想去,唯有'以死明志'这一条路可走。"

话音落下,我拔下头上珠钗,抵在颈项间,瞧着眸色慌乱的拓跋嗣踉跄起身走到我面前。

他蹙着眉说:"莫做傻事。"

我一笑:"王上总以为我与众人不同,其实我也不过是个贪生怕死的小女子,方才那番话,不过是话本上的忠臣名将之言,王上却信以为真,可见并不是真的明白我。实际上,我是个惜命之人,手里这支珠钗,也未曾开刃,伤不

了人。"

他劈手夺过那支珠钗掷在地上："朕幼时,曾亲眼见过母妃自尽,深知当一个人存了死志,便有撼天动地之力,即使是一支未开刃的珠钗,也能要了这人的性命。"他说到这里,又朝我迈了一步,"你嘴上说自己惜命,可自打我认识你,你做的事,哪一件不是九死一生,何曾真的惜过自己的命?"

我被他视线所迫,不由得再退一步:"王上的识人之明,小女子十分佩服,只可惜你我之间国仇家恨,犹如天堑鸿沟,不可跨越,否则,或可引为知己,也不一定。"

我一边说,一边不着痕迹地往窗下挪,可惜拓跋嗣还是察觉我的异动,以手抵墙,将我圈在方寸之间道:"仅是引为知己?没有旁的?"

我额上已被殿中炭火烤出薄汗。

拓跋嗣欺身上前:"朕册封你为蓉妃,只是权宜之计,你若因此怨怼朕,大可不必,朕既然允诺你与朕一道踏平中原,坐拥天下,就绝不会食言,只是朕需要一些时间,只要再过几年,等朝臣忘了你的身份,朕会再给你一个新身份,到那时……"

他的话音到此,戛然而止。

我只觉眼前一黑,殿中烛火猝然被人吹熄,拓跋嗣身子一软,险些跌在我肩上。

幸而有人伸手将他扶住,随即传来衣料窸窣声,大约是拓跋嗣被来人拖到了一旁榻上安置。

待殿中再没了旁的声响,我的视线也适应了殿中黑暗,这才看清这突然出现的黑衣人,只见他颀长的身姿被夜行衣罩住,面上戴了黑巾,唯有一双眼睛熠熠灿灿,仿若漫天星河倒灌在他眸中。

我一时怔忡,便被他拥住,耳边是他欣喜的声音,他说:"团儿,是我,我来了。"

鼻端顷刻间被他身上的苏合香气笼住,我把脸深深埋在他的襟口,深吸一

第十章 风雨如斯

口气说:"一早猜到你会来,只是没猜到,你竟然会亲自来。你可知魏宫有多凶险,若是万一……"

霁王抬手抚摩我的头顶:"换作是你,也会如此。"

他的手掌温热,语声更是给了我安定心神的力量,我只觉得多日来的彷徨无措、忐忑难安,在这一刻全都烟消云散,好像只要有他在,哪怕是困厄万难都算不得什么。

可眼下,虎狼环伺,绝不是叙旧的好时机。

我伸手探了探拓跋嗣的鼻息,幸而一息尚存。

霁王说:"你大可安心,我只是点了他的穴道,不会杀他。"

我松了口气道:"是啊,若他死了,北魏真要追究起来,我的罪过可就大了。"

殿门外,拓跋嗣的贴身内侍,此时唤了一声:"王上?"

许是殿中烛火骤然熄灭,那内侍察觉有异,这才出声试探。

霁王在我耳边低声说:"此地不宜久留。"

我点头,与他一道从窗口跃出,借着魏宫许多首尾相连的宫殿掩映,于夜色中疾行数步,已将相辉宫甩在身后。

二

商曜与颜洲等人在几座宫室之外的安全处接应,巡逻的侍卫提着宫灯从廊下经过,我便与霁王趴伏在一处宫殿的殿顶,小心隐匿行踪,屏息静待最为妥当的时机跃下。

这片刻工夫,相辉宫中事已经瞒不住,拓跋嗣的近卫鱼贯而出,朝着我与霁王这处宫殿围拢过来。

这番动静闹得着实有些大,商曜故意露出行踪,声东击西,为我和霁王争取一线生机。

大半近卫被那道突然跃出的人影引去,颜洲赶忙与我二人会合,禀告道:"来时那条暗道,现下还算安全,只要甩开侍卫的追赶,便能从暗道逃出魏宫,乘车马连夜离开。"

哪知一句话才说完,身后无数火把亮起,照得我这处无所遁形。

霁王沉声吩咐道:"颜洲,带她先走。"

我一句"不可",话音未落,身上的穴道就被霁王封住,最后的意识,是他轻声说的一句"团儿听话"。随即角落里有数支暗箭袭来,霁王飞身挡在我身前,依稀有支羽箭没入他的胸口,但我眼前一黑,已然昏了过去。

模模糊糊间,鼻端传来浓重的血腥气。

身下马车颠簸,急促的马蹄声在耳畔盘桓不去。

我伸手紧紧抓住眼前一只冰凉的手,颤声开口,喉间却像被堵了棉花,无论如何也发不出任何声音。

好半天后,我哑着嗓子问颜洲:"霁王呢?霁王在哪儿?"

颜洲默然,良久才说:"属下将太子妃娘娘平安带回,便完成了使命,至于殿下……"

我急道:"你为什么不往下说了?"

颜洲将头转到一边:"太子妃娘娘莫要问了,殿下他……已经……"

第十章 风雨如斯

"不可能！颜洲，你骗我，颜洲，颜洲！"

我唤着"颜洲"的名，心中大恸，终于挣扎着冲破层层梦魇，死死抓着一只冰凉的大手醒来。

因为太过用力，指甲已经掐到那只大手的肉里，手掌的主人良久才叹口气："亏我舍命救你，你倒好，不但梦里喊着旁人的名，还险些将我掐死。"

我从马车里一跃而起，胡乱抹了一把脸上的眼泪，直愣愣地盯着眼前这人的脸，又凑近瞧了好半天，才恍然清醒过来，晓得自己方才做了一场大梦，梦见霁王为我挡箭身死。

幸而，梦境都是反的。

霁王此刻好端端地与我坐在马车里，虽然逃亡的路途格外颠簸，马蹄声在静谧的夜里也显得格外嘈杂，但幸好……幸好眼前这个人一切都好。

我才要放下心来，就察觉自己还死死握着霁王的一只手掌，那只手掌格外凉，我记起他不久之前为我挡箭的事，赶忙翻过那只手掌为他切脉。

不知我先前睡了多久，他身上的伤处已经包扎好，血也止住了，从脉象来看，伤势虽重，但未伤及肺腑，算是不幸中的大幸。但那支羽箭上淬了毒，如今这毒已入骨血，不久便会行经心脉，虽然有我从前在秋闱狩猎时给他服下的那颗"可解百毒"的丹丸镇住，一时不会有性命之忧，但这毒常年存于脏腑，极难祛除，必然于寿数有损。

或许，他会因这毒而短寿。

霁王见我手抖，倾身过来握住我的手说："团儿莫怕，此行我带了医官，伤处已无大碍，至于箭上的毒，你也不必挂心，等回了建康，我派人去请毒公子彦然一叙，他一贯精于此道，定能寻个妥善法子，将病根去了。"

如今他伤势这样重，倾身时许是扯动伤处，眉心恍不可察地一皱。

可即使如此，他依然想着劝慰我不要伤心，明明他才是最应该被人关怀慰藉的那个人。

此情此景，我又怎能让他额外再替我忧心？赶忙吸吸鼻子，朝他一笑说：

"毒公子的本事,我是听说过的,再不济,还有苜蓿娘子帮衬,他二人联手,没有钻研不出的毒物解药,可是在那之前,你一定要答应我,好好养伤,不可劳神,剩下的事都交给我,我来照顾你,我来替你分担。"

我一边说,一边坐直身子,让他将头枕在我肩上,再小心环住他的腰身,以减轻马车颠簸带来的不适。

他乖乖枕在我肩上,叹息说:"团儿如今懂得照顾人了,可见独自在北魏这些时日,一定吃了许多苦,是我没有看顾好你,才有后来的祸事。"

我摇头:"是我轻信于人,怎能怪你?"话说到这儿,我索性将那日楚禾诱我到高崖之上想要趁机取我性命的事老实说了,不过怕霁王担忧,故意隐去了楚禾赠我背后一箭这一节。

从霁王口中,我也得知,这些时日,我坠崖的消息传到建康宫,他便请旨奔赴鹤林,亲手取下朔方城门上的女尸,当时便知,那人不是我,这才派人深入北魏腹地,追寻我的下落。

他这一句轻描淡写的"请旨奔赴鹤林""亲手取下城门女尸",其中包含多少危险,自不必说。

就如我不愿让他担忧一般,他在回忆当时情境时,也只报喜不报忧,专挑些细枝末节来说。只不过他到底看得比我长远些,平静说道:"拓跋嗣察觉我起了疑心,但他自以为对于大宋而言,战死的太子妃比身陷敌营被俘的太子妃更加有尊严,也更能激起大宋士气,所以即便城门上挂着的尸身另有其人,大宋也会秘而不发,将此事认下。这也是他一路回平城,并未刻意掩藏你行踪的原因,幸而他这般自信,才让我顺利地将你寻回。"

三

马车颠簸一夜，据颜洲说，昨日在暗道外头事先备了五辆马车，其中四辆朝东南西北四个方向行去，用来惑敌，等魏宫的近卫追出去以后，这第五辆马车才从小道绕出平城。

不过一夜过去，马车也不甚妥当，等天明到达城镇时，颜洲又弃了马车，拿出事先备好的衣裳，改换形容，将我们一行人扮成来此地贩货的商旅。

这一扮，就不得不逗留一日，一则是为了掩人耳目，贩货吃茶，故作悠哉，二则是为了让霁王休养一日，将被马车颠簸撕裂的箭伤，重新上药包扎，再另行煎些药草服下，退去他身上的高热。

我在床榻前守了一天一夜，他额上的冷帕子，换了数十次，这才好歹把伤处引发的高热给压下去。

第二日天将明时，我终于支撑不住，在榻边枕着手肘睡了过去，霁王不知道是什么时候醒来的，替我披了一件衣裳，守着我小憩了一个时辰。

等我再睁开眼，日头已经升得很高，暖阳从窗棂缝隙里洒在床头，霁王的黑眸被阳光映照出暗栗色，长睫投下小小的扇影，眉眼温柔。

我枕着手肘看他，一时看得有些痴，他索性拿食指刮我的鼻头："我方才在想，接你回建康宫不知是对是错，你是一个无论身处何等局面都能顺从本心，活得恣意畅快的人。我原本来平城时，心急如焚，可见到你的画像，瞧见你眉开眼笑，过得甚好，竟忽然有些不安，怕我贸然出现，你会不肯跟我走。"

我于是换个姿势，托着腮思量半响说："也是啊，建康宫里规矩森严，皇上又是我的长辈，本来就已经如此艰难，偏偏皇后娘娘还看我愈发不顺眼，一旦回去，我或许小命难保，远不如在魏宫，拓跋嗣没有王后，也特许我在宫中不必守规矩，大可以横着走，其余嫔妃各个被姚妃打压，噤若寒蝉，就连这唯一一个出挑些的姚妃也根本没有机会与我争锋，这么算来，逃出魏宫实在是亏，不如我……"

　　这番话越说到后来,瞧着霁王眸中的神采越淡,我便不忍心跟他开玩笑了,改为伸手捧着他的脸颊说:"不如我就吃些亏,看在你舍命来救的分儿上,勉为其难,跟你回去一趟。"

　　霁王垂着眼不看我:"既然勉强,那便罢了,本王自是比不得拓跋嗣,少年君王,意气风发。"

　　我被他逗笑了:"少年君王,意气风发?我怎么记得从前你提到他,可不是这番评价。"

　　他轻哼一声:"岂止?拓跋嗣不只文韬武略样样不差,画工也是一流,尤其是那幅亲笔所绘的画像,落款'木末',边上还额外题了一句,依稀是'赠予我的芙蓉花',就是不知,此句做何解释?"

　　我知道他心中意气难平,干脆使力揉他的脸颊:"芙蓉哪有银杏好?我的发簪,我的腰牌,我的软剑,是不是也该物归原主了?"

　　早膳过后,众人收拾行囊即刻启程。

　　冬末的雪化尽,青青绿意从沿途的山岗树梢冒出尖来。

　　春意尚算微末,但朔风稍减,不再吹面生寒。

　　我们几人先是重新置办了马车,又绕了远路,才堪堪甩开魏兵的追击。

　　不过拓跋嗣也不是个善罢甘休的人,随后派来的高手一茬接一茬,让人应接不暇,好在商曜赶来与我们会合,我此时也有十丈软红在手,与人过招,总算未落下风。

　　如此且战且走,最后一夜跨过朔方城的封锁线时,早有翊王的部将在此迎候,千难万险回到大宋疆土,我才总算长舒一口气。

　　鹤林城高耸的城门近在咫尺,隔着很远举目望去,但见城楼上立着一个孤绝的人影,再凑近些,才认出那人是翊王。

　　他不知在城楼上站了多久,衣上发上结满寒霜,就连发鬓,都依稀可见白色。

　　我以为他是在等我,怕他担忧,事先打了好半天腹稿,想把魏宫之事用三言两语揭过去。但他遥遥见我平安回来,又似乎望了一眼霁王,便不等我俩靠

近,自顾自转身没入昏黄暮色中,当先策马离去。

霁王轻咳一声:"人都走了,还看?"

我讪讪地收回举了一半的手:"有何事这么要紧,他竟连见我一面,说句话的工夫都没有?"

霁王抬手敲我脑袋:"他是自知看护你不力,无颜见我罢了。"

我"咦"了一声:"既是看护'我'不力,为何无颜见'你'?"

霁王俯身凑近我:"你说呢?"

我瞧着他倏忽凑近的好看眉眼,一时心旌摇曳,就忘了闪躲,倒是他先撑不下去,与我隔着一指距离时猛地收住,回身吩咐颜洲:"好生在前头带路。"

可怜颜洲本来走得好好的,骤然被他叫回来,得了这么一道吩咐,险些以为自己带偏了路。

如今霁王身上的伤处已经愈合,若不大动,应当无碍,但他余毒未清,我实在放心不下,本意与他一道回建康,他却说:"你需要与三弟的大军一道名正言顺地凯旋回宫,如此才能确保无虞。"

他这便是要与我暂别的意思。

纵然我百般不情愿,也不得不顾全大局,只好郁闷地点头说:"那也只好听你的。"可我话虽这么说,手却不受控制地扯着他的衣角,而且是紧紧地扯着,半点儿都没有要松开的意思。

他见我如此,无奈道:"今日天色太晚,我便留在鹤林暂歇一日,鹤林有三弟坐镇,你被人掳去的消息总算被他压了下来,没有走漏出去,所以你师弟等人,并没有被惊动,你可以安心。"

我听他说完这几句,已经是笑逐颜开,谁知他还预备了另外两个大惊喜给我,一个是"你此次遭人算计,不只是布局者心思精妙,也因你身旁无人,孤身犯险,才中了他人的调虎离山计。我已派人去青吾,接了你的侍女霜眉和垂珠,她们此刻就在建康宫等你,日后有她们陪在你身边,我也放心些"。

另一个是"梧桐这孩子,一听说你有危险,无论如何都不肯待在建康,执

意跟着我来了鹤林,还要一同跟去平城,也是被我一指头点晕了,才甩在鹤林别馆。你们师徒二人,真是一样不叫人省心"。

我听到这里,哪还顾得上旁的,早跨上马背,欢喜雀跃地往鹤林别馆去了。

许久不见梧桐,这孩子长高了也瘦了,可能是太过忧心我的安危,顾不上吃饭,不过几日,就瘦出了尖尖的下巴来。

早有传令兵把我和霁王的消息传回来,梧桐等在鹤林别馆门口,远远见到我就扑上来抱住我的腰说:"师父!徒儿就知道吉人自有天相,师父你定能逢凶化吉、遇难成祥!"这话说完,他好像是被霁王的眼风扫了扫,这才惊觉姿势不大妥当,转而倒退一步,跪倒在地说:"师父在上,请受徒儿一拜。"

我赶紧伸手扶他起来:"你师伯方才还跟我念叨,说你这孩子,委实不让人省心,两军交界处战事频发,何等危险,你不在建康老老实实地等消息,还敢跟着跑来鹤林,等回去以后,我定要让你师伯'家法伺候'。"

梧桐委屈得一张小脸通红:"师伯明明说的是'师父与我,都不叫人省心',师父怎能把这罪过,叫徒儿一人独揽了?"

我佯装生气,拿剑柄轻敲他的脑袋:"小梧桐,数日不见,你倒学会顶嘴了?"

他抱头鼠窜:"师父饶命,徒儿不敢了!"

我俩在院中追得正欢,又有传令兵送了一封盖着火漆印的信来,指明要我亲启。

这信上的花纹,一瞧就是北魏送来的,霁王抱臂站在一旁并未言声,可他一双眼睛里明明白白地写了"怎么不拆"四个字。

我只得在众目睽睽之下把信拆了,里头是拓跋嗣亲笔手书:"芙蓉离于木末兮,何日还?"

霁王未置一词,我也不好出言解释,否则倒显得是我"做贼心虚"。

如此耽搁一夜,第二日霁王与梧桐先行返回建康,我则留下来,与翊王的大军一道整装踏上凯旋之路。暂别以前,眼见着霁王还是不问,我只好找个话头自己交代:"拓跋嗣先前曾有豪言,天下若比作棋局,问我是想做棋子,还

第十章 风雨如斯

是与他一道做执棋人。"

我这厢酝酿半晌，正要借此机会好好表一表自己绝不会为名利浮华所累的衷肠。

谁知霁王却笑了，笑得我一时无措，我摸了摸鼻子讪讪地说："你不问我怎么答的？你笑什么？"

霁王却说："笑他费尽心思投你所好，却投错了地方。"他说罢，笑意隐去，又有些惆怅，"不过我也无从笑他，这也正是我苦恼之处。"

"啊？"

他回给我一个意味深长的眼神："想以棋局赠你，却也知道，你从未将这棋局放在眼里。"

那日相送数里，终须一别。

霁王的车驾遥遥隐入层峦松雾中，我策马回营，只觉得多日来，心绪从未如此刻这般满足宁静。

眼前天幕高远，辽阔已极，心境随之舒展。

虽说我早就做好了回到建康接受疾风骤雨的准备，但千算万算，还是没有算到，等我真正回宫之时，霁王已经将前朝后宫、上上下下打点清楚，非但不许任何人提及我曾随军出征之事，而且还命史官，将我以往出宫的记载也一并抹去。

可怜那花白头发的史官大人，点灯熬油，数次修改文稿，直到第十稿时，还是被霁王大笔一挥回了个"否"字。

史官大人痛心疾首，索性只在史册上寥寥记下一笔："晋恭帝女，初封海盐公主，宋初，拜皇太子妃。"其余一概不论，这才好不容易"蒙混过关"。

不过那都是后话。

我只知道此时，寒冬已去，春日将来，陌上繁花似锦，正是一年之中最好的光景。

一切缘来缘去，聚散嗔痴，也只是刚刚开始。

一

鹤林城解困后,这日战事稍歇,我游逛在市井街巷中,摸了摸腰间的钱袋,心想大半日水米未进,真是有些饿了,回程路远,干脆从路边铺子里买个热包子垫一垫好了。

才迈一步,眼角余光正瞧见角落里蹲着几个蓬头垢面的小子,个个眼馋着包子铺里热腾腾的包子,跃跃欲试,却囊中羞涩,正被包子铺的老板提着长棍驱赶。

见此情形,我只得按着"咕咕叫"的肚子,喝住老板道:"这几个小兄弟想必是饿极了,我便出钱替他们买几笼包子吧。"

老板上下打量我一眼:"我瞧姑娘你是个善人,可这乱世之中,自家的事尚且管不过来,哪还有闲心管旁人的事?你知道我这一笼包子值几个钱吗?"

这我倒着实不知。

老板于是朝我伸出三根手指:"一笼包子三钱银。"

一旁有经过的妇人吆喝了一句:"一笼只有三个包子,皮薄馅少,还卖这么贵,你怎么不去明抢?"

老板冷哼一声:"先前一场大战,粮草库都烧了,米面可是稀罕物,有钱都不一定能买得到呢,爱吃不吃。"

如此看来,我对鹤林城的战后重建,还是太过乐观。

自古人心既有善念,也存恶念,所谓"法不诛心,为看其行",当家国平定,河清海晏时,百姓安居乐业,恶念便被压制在人心的角落,偶尔冒头,也不会真的被人们付诸行动。

但山河破碎,战争频发之时,环境险恶,"活着"便是唯一目的。为了活着,剥削与掠夺不可避免,恶念被无限放大。

就如现在,鹤林城表面上秩序井然,但背地里的恶事只怕有增无减。

让百姓尽快走出战争笼罩的阴影,才是当务之急。

篇外篇

借粮

　　我一时思绪良多，商曜持剑挡在我身前，面若冰霜地说："尔等竟敢对太子妃殿下无礼？"

　　我只觉得这话落下，周遭众人看我的眼神都变了，这种畏惧中带点儿震惊，震惊中又有崇敬的眼神，我实在不大能消受，赶忙上前两步，拦住商曜，对围观的众人道："我这位兄弟脑子不大灵光，时常口无遮拦，诸位不要见怪。"说罢又解下自己的钱袋，给先前那几个蓬头垢面的小子买下几笼包子，然后扯起商曜的袖子，逃也似的往街巷僻静处走。

　　商曜由我扯着，一边走，一边问道："殿下不处置这些刁民吗？"

　　我叹口气："鹤林城刚刚经历一场大乱，不能怪民间恶念丛生，要想从根本上还鹤林城一个太平，只怕还得从此处的府衙入手。"

　　说到此处，我才察觉肚子里的"咕咕"声早就按捺不住。

　　商曜低头瞧我一眼："殿下从昨夜至今水米未进？"

　　我打个哈哈："从前饿肚子是常事，不打紧。"

　　商曜眉心起皱："殿下从前贵为……怎会……"不过他一贯晓得分寸，话没说完，就往一旁的阳春面铺子走，我此时还扯着他的袖子，便不由分说地被他一同带到了铺子里。

二

刚出锅的阳春面冒着热气,盛在碗里,撒上葱油小菜,汤清味鲜,香飘十里。

我原本时刻提醒自己"出门在外切记矜持",但在看到店小二端起那只面碗的刹那间,"矜持"荡然无存。

不过在我一气呵成,拾起筷子下手捞面之前,我仅剩的理智还是让我诚挚地问出了两句话,第一句是对店小二说:"不知这一碗面卖几钱银子?"

店小二答:"本店诚信经营,一碗面只卖八十文。"

我心里一凉,又转头问了商曜第二句话:"商大人,你带钱了吧?"

商曜闻言,掏出钱袋在我眼前晃了晃,这下我如蒙大赦,不管三七二十一,捞起一筷子面条,就吞进了肚里。

热面烫得我差点儿咬到舌头,不过这家不起眼的小店,阳春面做得着实地道,面条根根爽利,绝不纠缠,面汤清澈见底,酱色汤里浮着的金色油花和翠绿小菜,混合着阵阵面香,格外勾人食欲。

不过我这厢吃得开怀,倒忘了商曜还在我对面坐着。

余光里瞧见他满脸震惊之色,我只得"百忙之中"抽出空来,嚼着面条念叨了一句:"虽说食不言,寝不语,但瞧商大人的下巴就快掉进我碗里了,实在于心不忍,只好解释一句,嗯……我一贯吃相不大好看,其实也不怪我,主要是我从前家里有个贪吃的……弟弟,吃什么东西都要靠抢的,久而久之……习惯成自然,就不大好改了。"

商曜别过眼,转而望着铺子外头那棵老槐树出神,倒是对此未置一词。

我又补了一句:"商大人怎么不吃?这家铺子虽然不大,面做得着实不错。"

商曜只得把目光重新落在我身上:"属下今早用过膳食,殿下不必挂心。"

篇外篇 借粮

我挠挠头，颇不好意思地说："那个……你带的银子够不够？我……还想再吃一碗……"

幸而商曜定力过人，面皮只一抖就恢复如常，招手替我叫来店小二，又转身看着我询问道："只要一碗？"

我咬咬牙，心想"豁出去了"，遥遥伸出两根手指头，对着店小二笑得春风和煦："再来两碗！"

店小二应道："好嘞，客官稍等，两碗阳春面马上就来。"

然后果不其然地，店小二举着托盘过来以后，在我和商曜面前，一人放了一碗。

等店小二走了，商曜才把自己面前的那碗推到我面前，我忙伸手拦住："且慢。"

"嗯？"

我压低声音，故作神秘地道："要是一会儿我面前摆着三只空碗，店小二肯定以为我饭量惊人，实在有损我'弱柳扶风'的形象，不如还是等我吃完这碗，再拿空碗跟你换比较好。"

这下商曜彻底不动了，兴许铺子外头那棵老槐树长得格外好看，他扭头朝外足足看了一炷香的时间。

我吃完后来的这两碗面，半点儿不犹豫地给自己留下一只空碗，然后把剩下的两只空碗推到商曜面前，这才心满意足地起身，等商曜付了面钱，与他一道迈出门。

三

三碗阳春面,二百四十文,委实吃得我一阵肉痛。

我跟商曜说:"今日欠了商大人这么大一个人情,不知何年何月才能还上了。从前有个说法,叫作'一饭之恩,千金以报',我眼下拿不出'千金',就口头立个誓吧,若他日商大人有所求,但凡我能办得到的,一定赴汤蹈火,在所不辞。"

恰好我二人并行的这条街巷,与先前那家包子铺相连,我前脚才迈出阳春面铺子的大门,后脚方才那几个蓬头垢面的小子就一拥而上将我团团围住。其中一个领头的壮着胆子结结巴巴地说:"姐姐……人好,也……也有本事,我们能不能……跟着你?我们……有力气,不……不白吃。"

此情此景,我眼前一晃而过的,竟然是许久之前一件不起眼的小事。

那是我初次离宫,在汇云楼吃完一顿饭以后,席上众人皆散,唯余我与霁王两人。

彼时我一心想要逃离建康宫,包袱都打好了,岂有半路返回之理?霁王便与我打赌:窗外有位纨绔子弟,当街强抢良家妇女,谁能救那女子出苦海,便算谁赢。

如今想想,我那时少不更事,只有一腔孤勇,单枪匹马强出头,非但救不了姑娘,还逼得人家不得不向纨绔子弟低头,最后为了保全弟妹,甘愿牺牲自己。

那时我便悟出了一个道理,救人一时易,救人一世难。

就如眼前,掏些银钱买几笼包子,救这几个小子一时温饱容易,可战乱之年,流民遍地,老弱妇孺更是不计其数,若各个安置,各个救济,实非我一人之力可为。

见我没有答应,领头的小子立时就要跪下朝我磕头。

我赶忙托住他的手臂,使劲将他拽起来道:"既然想靠自己的力气吃饭,

何须跪我？你们几个，呃，你们六个，便跟着我身边这位商大爷先回别馆安顿下，我得去个地方替你们讨份文书。"

商曜闻言站出来："如此来历不明之人，不能安顿在别馆，况且非常时期，我也不能放任殿下独自在外。"

我难得抓住他话中一个小把柄："商大人在本宫面前，要自称'属下'，不能称'我'，商大人一贯把'规矩'二字看得比天大，这次怎么疏忽了？是不是想讨罚？"

商曜面上赧然："……属下甘愿领罚。"

我朝周围那六个小子使个眼色，拍拍商曜的肩说："就罚你带他们六个回别馆安置，小子们，你们要是不想继续挨饿受冻，就跟紧了他，这位商大爷功夫了得，你们要是跟丢了没饭吃，可不怪我。"

六个小子里，机灵些的赶忙上前抱住商曜的大腿，剩下几个反应过来，一人抱了商曜一只胳膊，间或还有抱腰的，总归这六个小子安排得十分妥帖。

等我到翊王那处讨来借粮的手书，又罗列了一份搭建粥棚的物资清单，叫先前那六个小子替我去把一应物品置办回来。

为了称呼方便，我还按照他们的年纪大小，从"小一"到"小六"，一字排开。

等这六人领命而去，我又找来楚禾，让他带领一千兵士，掩人耳目地去鹤林城郊的小河沟里，挖几十车河沙，卸在河岸边，晾干留待后用。

等我吩咐完这些，便见小九正大刺刺地坐在廊下晒太阳。

我百忙之中分神看他，"咦"了一声道："翊王为了不让我俩偷溜到前线，应该一视同仁，给我俩备的都是女装才对，你哪来的这么一身招摇男装，竟然还是月牙白绣芙蓉纹的？"

要知道鹤林城刚刚经历一场战乱，棉衣麻布都十分紧俏，更遑论这么一身绫罗绸缎。

哪知小九头也没回，理所当然地说："我有钱啊。"

"……"我心口一滞,突然不想理他。

小九见状便不晒太阳了,优哉游哉地踱步到我身边:"如今战时,商人就地涨价,无非是仗着自己手上的东西稀缺。自古商人逐利,你若想扳回局面,只怕运几车河沙回来充数,还远远不够。我在商言商,没有哪家商人傻到凭着你这几袋模棱两可的米粮,就认定自己大势已去,低价抛售。除非府衙愿意出面,大量开仓放粮,但据我所知,周边府衙怕被战乱波及,恨不能把自家粮食捂起来,哪会轻易开仓?"

我胸有成竹道:"你以为我拿河沙'滥竽充数',是做给那些囤粮的商人看的?"

"莫非你是?"

我拿手指敲着桌面:"与民间商人相比,府衙里的老狐狸只多不少,我拿河沙充当米粮,其实是做给府衙里那些老狐狸看的。"

这件事若想周密安排,还得分两步走。

一则,明面上开设粥棚,每日定量施粥,是为了稳住民心,以示朝廷有意开仓救济,让那些囤货居奇、肆意涨价的商人,闻风收敛。

二则,每日源源不断从城外送来的粮袋,没有人知道究竟是从哪家府衙的粮仓来的,我便可以趁机浑水摸鱼,威慑周边府衙,让他们误以为除了自己,旁的府衙都已开仓。如此逐个攻破,他们便不好再负隅顽抗。

翌日,简易的粥棚已经搭好,门前两口大锅,热气蒸腾,翻滚着香甜的白米。

我打着军粮的旗号,让楚禾一大早就带人故意敲锣打鼓绕远道,运来整整十车米。

这阵势惊动了方圆几里的百姓,大家扶老携幼,奔走相告,不多时就聚集了不少人,围拢在粥棚前,翘首以待。

这十车米袋里,装的自然是河沙,不过俗话说得好,"假作真时真亦假,

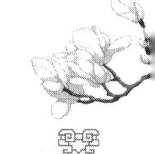

真作假时假亦真"，我事先在每辆粮车上，各掺了一袋真米，真米的袋子上做了只有我知道的小标记，于是众目睽睽之下，我高声道："诸位父老乡亲，鹤林城刚刚经历一场大战，百废待兴，翊王殿下自驻守鹤林以来，心系百姓疾苦，特命我抽调军中米粮应急，以安鹤林民心。如今这十车军粮只是开始，不日周边郡县便会开仓放粮，父老乡亲大可放心，鹤林城米粮充足，咱们翊王殿下不会让任何一个大宋子民饿肚子，也不会让任何一个哄抬物价之人有机可乘！"

话音落下，一片叫好之声，先前被我安插在百姓之中带动气氛的那六个小子，也表现得十分卖力。

我于是抽出身边一名兵士的佩刀，抬手将刀插在第一辆粮车的米袋上，袋中白米顺着刀口流了一地，人群中有人高呼一声："真的是米！鹤林有救了！咱们都有救了！"

我一笑，将刀拔出来，又走到第二辆粮车边上，同样看似不经意地，把刀插在真正的那只米袋上，这回我故意划开一道细长的口子，眼睁睁地看着白米流了小半袋才罢休。

如此一辆车一辆车地划过来，流在地上的白米首尾相连，很是壮观。

这些在战乱之时珍贵无比的白米，就这样白白地洒在地上，洒在百姓眼前，不可谓不浪费。

但我心知肚明，将这些白米洒在地上，比洒在锅里，更有意义。

如此，粮价平抑的局面一开，我又召集城中几个大粮商，一道在鹤林最好的望江酒楼吃了一顿饭。

席间相谈甚欢，只是这几人老奸巨猾就快成了精，仅凭我一席话，便想让他们"割肉"抛售，只怕还差点儿火候。

这种关键时刻，才轮到了小九出场。我将周边县丞借来的粮食装在陆家字号的米袋子里，又让小九大摇大摆地扮作陆家商行的管事，当着众位粮商的面，不经意地露出陆家行云令的名头，与我合力演一场"陆家慷慨解囊，拯救

小MM "公主天下" 系列之
《海盐公主》

海盐公主花团，如杂草般坚韧顽强：山野长大的前朝公主，入宫后依然葆有质朴的真性情，如狗尾巴草一般倔强生长，在暗流涌动的深宫里留下一段荡气回肠的传说。

《海盐公主·鸾凤引（壹）》

公主封号犹带"前朝"二字，金口玉言急宣凤女下山。
太子妃封号加上"太子待定"的前提，双王夺嫡战火升级。
一个于沙场点兵，振臂一呼，激起万千兵将满腔热血；
一个在朝堂挥毫，执笔一转，引得数百言官频频点头；
青年才俊，各有千秋，
究竟哪一个才是登临九五的最佳人选？

河山大好，是拔剑定乾坤，还是深闺绣花鸟？
人心叵测，是策马游江湖，还是庙堂忧苍生？
自由与束缚的两端，她心中的天平将倾斜向哪一方？

庙堂之高，江湖之远，看生命力顽强的"杂草"公主如何在明枪暗箭中为自己拓出一条花路！

《海盐公主·鸾凤引（贰）》

打定"随遇而安"的主意，却"一不小心"重获自由，
打算自在逍遥畅游江湖，却无可奈何打道回府，
回宫之路迢迢遥遥，她的脚步沉重而坚定。

二人行变成三人行，三人行变成四人行，一条长龙蜿蜒入宫。
大皇子少年老成，师弟鬼马精灵，小徒儿乖巧可爱。
三个性情截然不同的少年相互碰撞，令花团头疼不已；
皇后端居高位，邻国公主寸步不让，郡主姐姐六神无主，
加之朝堂内忧外患，花团简直分身乏术……

荆棘丛后并非花团锦簇，且看与众不同的海盐公主一枝独秀，傲然挺立，逆风翻盘，向阳而生！